Inhalt:
Äußerst bedenklich

W0058177

Anmerkung der Autorin

Die Handlungen sind frei erfunden. Ähnlichkeiten mit realen Personen wären rein zufällig. Lediglich der Hund hat existiert, allerdings habe ich seinen Namen geändert.

Das rote Heft

Das Heft steckt zwischen zwei dicken Büchern in der hinteren Reihe des Regals. Ich hätte es vielleicht nicht bemerkt, doch ein roter Plastikumschlag lugt zwischen zwei breiten Einbänden hervor. Neugierig greife ich danach. Deutsch – Aufsätze, Eva K. steht in kindlich steiler Schrift auf dem Deckel. Darunter: Klasse 6b. Ich lasse weißes Papier durch meine Finger gleiten. Nur wenige Blätter sind beschrieben. Eine ungewöhnliche Verschwendung. Ich schlage die erste Seite auf, erinnere mich an das gute Gefühl, ein neues Heft zu beginnen. Unberührte Seiten, die nur auf die Feder meines Füllers warteten, der die Zeilen mit mustergültig geformten blauen Buchstaben ausfüllen würde.

Ganz oben rechts das Datum: 23. September 1974, dann die Überschrift: *Meine liebste Freizeitbeschäftigung*.

Das lange Substantiv schiebt sich am Ende der Zeile wie eine Ziehharmonika zusammen, mühsam sind die letzten Buchstaben vor dem ordentlich gezogenen Bleistiftrand zusammengequetscht. Ich sehe das Mädchen mit den blonden Zöpfen, es schiebt die Zungenspitze zwischen die Zähne, konzentriert und bemüht, nicht über den Rand zu schreiben.

Ich blättere weiter. Unter zwei dicht beschriebenen Seiten leuchtet rot die Altmännerschrift meines Deutschlehrers: Inhalt Eins, Ausdruck Eins, Rechtschreibung/Grammatik Zwei, Schrift Eins.

Über dem zweiten Aufsatz lese ich: *Mein Vorbild.*

Exakt in der Mitte, ohne Platzprobleme. Und bevor ich die Seite umschlage, weiß ich wieder, warum ich dieses Heft nie beendet habe. Mein Magen verknotet sich.

Ich bin wieder das Mädchen Eva, in der letzten Reihe rechts, schüchtern und sommersprossig. Ich sehe den Deutschlehrer auf mich zukommen, das rote Heft in der Hand. Seine kleinen Augen liegen tief in den Höhlen, als hätten sie sich vor der Welt zurückgezogen. Ohne Worte geht er vorüber, wie nebenbei fällt das Heft auf die zerkratzte Tischplatte. Meine Freundin wird gelobt. „Gute Wortwahl, Karola."

Langsam blättere ich um. Noch immer steht unter dem letzten Satz, die Tinte nur unmerklich verblasst: *Inhalt: Äußerst bedenklich!*

Dahinter eine große rote Fünf, energisch ins Papier gedrückt. Ich setze mich in den Sessel vor dem Bücherregal. Nebenan in der Küche klappert Geschirr. Warum hat Mutter dieses Heft aufgehoben?

Unzählige Stunden verbrachte ich als Mädchen in den Sommerferien auf dem Dachboden meines Elternhauses. Dort gab es einen Bücherschrank mit einer magischen Anziehungskraft. In diesem Schrank, dessen Türen klemmten und von dem die Farbe wie Eierschale abplatzte, hatten die Großeltern die Hinterlassenschaften ihres Sohnes Hans untergebracht. Es stapelten sich Holzbaukästen, vergilbte Schulhefte, skurril geformte Schreibfedern und ein Zirkelkasten, so breit wie ein Ziegelstein, Sammelalben des Deutschen Reiches, akribisch bestückt mit Zigarettenbildern, sorgfältig eingeklebt und immer vollständig. Meine Mutter hatte mir eingeschärft, niemandem von dem Inhalt des Bücherschrankes zu erzählen. Obwohl ihre Sorge nur die Literatur des Dritten Reiches betraf, war für mich der gesamte Dachboden vom Hauch des Verbotenen verzaubert. Selbst die angerostete Posaune an der Wand hatte eine stille Faszination, bis zu dem Tag, an dem ich das Instrument vom Haken nahm und ausprobierte. Unter größter Anstrengung entlockte ich ihr ein gequältes Prusten. Noch Stunden danach schmeckte ich Metall auf den Lippen.

Doch vor allem die Bücher verschlangen meine stillen Ferientage. Zwischen toten Florfliegen und Mottenkugeln saß ich auf den warmen Holzdielen und las Cooper, May und Stevenson. Staubige Sonnenstrahlen schoben ein helles Rechteck über den Bretterboden und maßen mir die Zeit. Ich las „Effi Briest" und „Das siebte Kreuz", ich verschlang Diderot, Fallada und Scholochow. Keiner dieser Namen oder Buchtitel hatte eine besondere Bedeutung für mich, im Deutschunterricht behandelten wir „Robinson Crusoe" und „Käuzchen-Kuhle".

Ich las mich von links nach rechts durch den Schrank. Im rasanten Wechsel fremder Schicksale und Schauplätze vergaß ich die Zeit und meine Phantasie verband all die wunderlichen Geschehnisse mit Onkel Hans, von dem die Großmutter mit leichtem Vibrieren in der Stimme erzählt hatte.

Ich blättere zurück im roten Heft und lese die ersten Sätze meines Aufsatzes: „Mein Vorbild ist mein Onkel Hans. Er besitzt viele Bücher und eine Posaune. Die zu spielen ist jedoch sehr schwer ...“

An jenem Tag hatte der Direktor die Mutter um ein Gespräch gebeten. Sie kam aus seinem Büro, ihr blauer Sonntagsmantel war schief geknöpft. Sie griff meine Hand und zog mich hinter sich her über den Schulhof. „Was hast du dir nur dabei gedacht? Wie oft hab ich dir gesagt, du sollst nicht vor diesem verdammten Schrank sitzen? Verstehst du denn nicht? Hans zum Vorbild zu nehmen ist wie – ja wie ...“
Das allerschlimmste Vorbild, das mir einfiel, war Adolf Hitler. Der Lehrer hatte gesagt, der hätte Ernst Thälmann erschießen lassen.
Die Mutter blieb stehen und schüttelte den Kopf. Dann lief sie ohne ein Wort weiter. An der Bushaltestelle ließ sie sich auf die Bank fallen. Der Schulbus war längst weggefahren.
Sie erzählte von ihrem Bruder. Er brachte ihr bei, das Fahrrad des Großvaters zu fahren. Sie war so klein, dass sie mit einem Bein unter der Stange durchkriechen und im Stehen in die Pedale treten

10

musste. Er zeigte ihr, wie man mit der Schleuder Kirschen von den Bäumen schießt. Als er fertig war mit seiner Ausbildung, wollte er sich in der Welt umsehen. Wenn sie die Schule hinter sich hätte, käme er zurück, hatte er gesagt.

Die Mutter blickte angestrengt die Straße hinunter, als suche sie etwas. „Er ging in den Westen. Er kam nicht zurück. Ich erhielt mit Müh und Not eine Lehrstelle beim Konsum. Dein Großvater hätte Brigadeleiter sein können im Schacht. Selbst jetzt noch ... Die Fünf im Aufsatz, alles seine Schuld!"

Der Linienbus schob sich um die Ecke. Während wir den Einstieg hinauf kletterten, murmelte sie etwas von einem neuen Deutschheft.

Draußen in der Küche klappern die Teller. Ich höre meine Mutter schimpfen: „Aus, Jello, pfui!"

Ich schiebe das rote Heft wieder an seinen Platz. Zwischen Fallada und Diderot ist es gut aufgehoben. Doch die Erinnerungen lassen sich nicht zurückschieben, sie drängen hervor wie die Kinder aus der Schultür, nachdem es zum Unterrichtsende geklingelt hat.

Erster Teil

Hinterdergrenze

Die Großmutter

Diese Stunden an der Grenzübergangsstelle machen mich alt. Meine Hände zittern, wenn der Zug aus Eisenach hinaus rollt. Mein Herz schlägt wie ein wild gewordener Trommelstock, wenn er in Gerstungen hält. Ich höre das Quietschen der Bremsen und das Gebell der Hunde, dazwischen die lauten Kommandos der Zöllner. Sie weisen sich die Wagen zu und ich versuche, durch die trüben Scheiben ihre Gesichter zu erkennen. Welcher wird zu uns ins Abteil steigen? Der Junge mit dem blonden Schnauzbärtchen oder der schnaufende Dicke? Wenn ich es mir aussuchen könnte ...

Mein Mann greift nach meiner Hand. Er dreht sie und betrachtet sie, als wolle er die Schwielen zählen. Sie ist nicht schön, meine Hand. Die Finger krümmen sich der Arthritis entgegen, das Ziegenfutter und die Jahre haben dunkle Spuren auf der Haut hinterlassen.

„Du zitterst", sagt er leise mahnend.

Ich weiß. Doch ich kann nicht ohne selbstgeschlachtete Wurst zu Hans fahren, der Junge isst sie so gern. Was sonst könnte ich auch Besonderes mitnehmen. Sie haben doch alles. Außer gescheiter Wurst. Drüben schneiden sie die Scheiben so dünn, dass man hindurchsehen kann. Davon wird keiner satt. Ich muss lächeln. Ich bin stolz auf meine *Worscht im Kohlen Hund*.

Mit dem Kalten Hund trickse ich die scharfen Hunde aus. Der Hausschlachter, der jeden Herbst unser Schwein zuerst ums Leben und dann in Gläser und Därme bringt, muss extra kurze Bratwürste stopfen.

„Ferr dann Jungen drewenne", sagt er, voll Stolz auf seine Mitwisserschaft. Kurz vor der Reise bereite ich die Kekstorten zu, die man bei uns Kalten Hund nennt. In die halbflüssige Schokomasse drücke ich die geräucherten Würste. Nach dem Erstarren sieht das Ganze aus wie ein normaler Kuchen. Bis jetzt hat sich noch kein Zöllner darüber gewundert, dass ich so viele Kekstorten mit in den Westen nehme.

Die Abteiltür fliegt auf. „Passkontrolle!"

Es ist der Dicke. Mein Herz zappelt wie ein Vogel, der durch die Fensterscheibe will.

Mein Gesicht spräche Bände, flüstert mein Mann. Ich solle nicht so ängstlich gucken. Das sagt sich so einfach dahin. Jetzt steht er neben mir, die Uniformknöpfe aus stumpfem Aluminium glotzen mich an.

„Guten Morgen!"

Meine Finger hinterlassen Abdrücke auf dem Pass mit dem Ährenkranz. Was hat er gesagt? Gute Weiterreise! Heißt das ...?

16

Ja, wir sind durch. Er geht zum nächsten Abteil. Ich schließe die Augen und beginne, mich auf Hans und die Kinder zu freuen, die ich seit einem halben Jahr nicht mehr gesehen habe.

Vierzehn Tage später die gleiche Tortur. Auch auf der Rückfahrt steckt immer etwas Verbotenes im Koffer. Medikamente für meine Galle, Bravo-Poster für die Mädchen und Jerry-Cotton-Romane, die mein Mann so gern liest, Schund- und Schmutzliteratur, wie die Zöllner so was nennen. Mein Mann neben mir scheint die Ruhe selbst zu sein. Doch seine Finger zittern auch ein wenig, wenn ich genau hinsehe, kann ich es erkennen. Die Schwiegertochter hat ihm gestern Abend noch West-Mark in das Sakkofutter genäht. Er trägt ein Päckchen Zigarren in der Tasche darüber, damit die Hunde nichts wittern.

Es gibt viele Möglichkeiten, verbotene Dinge zu schmuggeln. Beim Kaffeekränzchen daheim tauschen wir uns über die beliebtesten Methoden aus. Erna, die im kleinen Grenzverkehr fährt, weil ihre Tochter in Bad Sachsa lebt, schmuggelt ihre Tabletten im Tee nach Hause. Einmal hat sie sich Bettwäsche um den Leib gewickelt, um sie ihren Enkelkindern mitzunehmen. Das könnte ich nicht aushalten, glaube ich. Aber sie sitzt nur eine halbe Stunde im Bus.

Unterwäsche aus Baumwolle nehmen sie drüben gern, nicht, dass sie dort keine hätten. Aber bei Wäsche kommt es nicht auf die Mode an, außerdem ist unsere gar nicht so schlecht. Und ich kann sie auspacken, einmal waschen und als die eigene ausgeben, das geht. Natürlich nicht bei Kindergarnituren. Für die Kinder nehme ich Märchenbücher mit. Es macht die vom Zoll stolz, wenn sie sehen, dass ich unsere Literatur drüben verschenken werde. Dass die Gebrüder Grimm und Wilhelm Busch keine DDR-Autoren sind, scheint ihnen nicht aufzufallen.

Der Zug rattert über die Schwellen, mein Herz kommt langsam zur Ruhe. Auf dieser Heimfahrt hatten wir Pech. Es war leichtsinnig, den ZDF-Konverter einfach in den Koffer zu legen. Wir hätten warten sollen, bis Hans über Ostern heimkommt. Im Auto lässt sich so etwas besser verstecken, Technik riechen die Hunde nicht. Ich bin gespannt, was uns jetzt erwartet. Eine Vorladung beim Kreisbüro der Stasi mit Sicherheit. Eine Moralpredigt vom Parteisekretär, eine saftige Geldstrafe. Schade um das Geld. Auch Hans hat sein Geld umsonst ausgegeben.

Draußen zieht die Landschaft vorüber, ich freue mich jetzt auf daheim. Auf die Gesichter der Kinder, wenn ich den Koffer auspacke. Der Schwiegersohn wird enttäuscht sein, die ZDF-Antenne hängt schon seit Wochen unter den Dachziegeln auf dem Boden. Nachbar Klaus hat sie gebaut, er bastelt gern und kennt sich aus. Er sollte auch den Konverter in den Fernseher einbauen. Wenigstens muss ich mir jetzt keine Sorgen machen, wenn sie mit den Peilsendern durchs Dorf fahren. Es heißt, das ZDF finden sie besser als das Erste. Aber vielleicht ist das nur eins der vielen Gerüchte, die sie verbreiten. Ich muss den Kindern noch mal einschärfen, dass sie in der Schule den Mund halten. Vielleicht fragt der Klassenlehrer, was wir abends so gucken. Die Große hat sowieso schon Ärger wegen dem blöden Aufnäher auf ihrer Jacke. Wie konnte ich bloß diese Fahne übersehen. Sonst trenne ich so was immer ab, bevor die Kinder damit losgehen. Selbst das kleine Krokodil hab ich vom T-Shirt getrennt, damit sich keiner aufregt. Und dann das Theater wegen dem Tintenkiller. Kapitalistisches Betrugsgerät hat ihn der Mathelehrer genannt. Ihn zu beschlagnahmen, so wie die Kaugummibilder, das hat er sich aber nicht getraut.

Dort vorn liegt Eisenach. Wieder zu Hause. Meine Tochter wird froh sein, sie hasst es, die Ziege zu füttern.

Kinder froh

Ein lautes Kratzen aus dem Lautsprecher lässt die Wartenden aufhorchen, um die Betonpfeiler schnarrt eine gleichgültige Frauenstimme: „Am Bahnsteig 3 hat Einfahrt der Interzonenzug aus Essen zur Weiterfahrt nach Erfurt. Zurücktreten von der Bahnsteigkante!"

Das ist er, der Zug! Eva hüpft neben dem Vater ungeduldig auf und ab. Wie ein fetter Wurm gleitet der Schnellzug scheinbar lautlos auf sie zu. Der Vater greift nach ihrer Hand. Die Betonplatten beginnen unter ihren Füßen zu beben, es wird laut, immer lauter, die Lok donnert an ihnen vorbei, der Sog nimmt die Luft zum Atmen, das Quietschen der Bremsen schmerzt in den Ohren. Das trügerische Gefühl, der Bahnsteig bewege sich am Zug vorbei, lässt sie beinah taumeln. Dann kommt die Welt wieder zum Stehen.

Schwerfällig öffnen sich die Türen. Abgestandene Luft quillt ihnen entgegen. Sie riecht nach Kunstleder, nach Metall und Angst.

Ihre Augen suchen die schmutzig-grüne Front ab. Sie rennt los. „Oma!"

Die hagere Frau springt auf den Bahnsteig, stellt ihre Tasche ab und breitet die Arme aus. „Eva, schön, dass ihr da seid."

Hinter ihr wuchtet der Großvater zwei pralle Koffer auf den Bahnsteig. „Na, Große?" Er duftet nach Rasierwasser und Zigarre. Großmutter sieht wie verwandelt aus. Kurze Locken legen sich um ihren Kopf, sie trägt ein buntes Kleid, das Eva noch nie gesehen hat.

„Wie war die Reise?", fragt Vater.

„Grauenvoll!", sagt Großmutter.

„Reg dich nicht schon wieder auf", knurrt Großvater, „wir haben es hinter uns."

Sie schleppen die Koffer zum Parkplatz, wo der blaue Wartburg steht. Großmutter lässt sich auf den Rücksitz fallen.

„Seid ihr kontrolliert worden?", fragt Vater gespannt, während er sich anschnallt.

Großvater nickt. „Sie haben den Konverter gefunden."

„Mist! Ist er weg?"

„Beschlagnahmt."

„Und?" Der Zündschlüssel in Vaters Hand verharrt zwischen Lenkrad und Zündschloss.

„Sie haben unsere Personalien aufgenommen."

„Prost Mahlzeit", sagt Vater.

Eva kuschelt sich an die Oma, die nach Kölnisch Wasser riecht und deren Hände zittern. „Was ist ein Konverter?", fragt sie.

Oma seufzt leise. „Das braucht man für den Fernseher. Es ist nicht wichtig."

Sie spürt, dass Großmutter lügt. Warum zittert sie, wenn es nicht wichtig ist?

Aus ihrer Handtasche kramt Oma ein Päckchen Caprisonne und gibt es ihr. Die Hände mit den gekrümmten Fingern sind weicher als sonst und ganz weiß. An der linken Hand funkelt der Sonntagsring.

„Danke", sagt Eva und: „Heute ist doch gar nicht Sonntag."

Großmutter lacht. „Ich hatte jeden Tag Sonntag, musste nicht die Ziege füttern, bin nur durch die Gegend gefahren."

Ungeschickt sticht Eva mit dem Trinkstäbchen ein Loch in die Tüte und trinkt in winzig kleinen Schlucken. Diese Delikatesse muss bis nach Hause reichen. Sie lehnt sich an Großmutters Schulter. „Stell dir vor, die Ziege hat Mama getreten, die hat jetzt einen blauen Zehnagel."

Großmutter verkneift sich ein Lachen. „So etwas hatte ich befürchtet. Die beiden konnten sich noch nie leiden."

Daheim springt ihnen der gelbe Hund entgegen und leckt Großvater übers Gesicht. Es riecht nach Kaffee im Haus und nach frischgebackenem Kuchen. Im Wohnzimmer öffnet Großmutter die Koffer. Unter Hemden und Hosen zaubert sie eine Barbie und eine breite Packung Filzstifte in allen Farben des Regenbogens hervor. Mit geheimnisvollem Schmunzeln schraubt sie eine Dose Gesichtscreme auf und langt mit spitzen Fingern hinein. Dann legt sie Mutter einen fettigen weißen Klumpen auf die Hand.

„Reib die Creme ab!", sagt sie.

Neugierig kichernd beugen sich alle über das glitschige Objekt. Eva und die kleine Schwester bekommen weiße Klekse auf die Nase und nach einigem Wischen und Putzen kommt ein Paar goldener Ohrringe zum Vorschein.

„Findet kein Zöllner", sagt Großmutter und ihre Stimme vibriert.

Nachdem alle Geschenke verteilt sind, greift Großmutter noch einmal in ihre Handtasche und zieht eine Tüte Haribo-Konfekt heraus. Dabei zwinkert sie Eva verschwörerisch zu. Sie kippt den Inhalt der Tüte auf den Tisch, und eine würzige Duftmischung aus Lakritz und Arznei breitet sich im Raum aus. Zwischen den üblichen mit buntem Zucker überzogenen Stafetten liegen blassgelbe Kapseln von der gleichen Form. Sie sortieren sie sorgfältig heraus. Zwischendurch wandert die eine oder andere echte Süßigkeit in Evas Mund, nachdem sie den prüfenden Blick der Großmutter überstanden hat. Die falschen Haribos dagegen landen sorgfältig abgezählt im Pillendöschen, dringend nötige Arznei für die nächsten Monate.

Der Zöllner

Heute war ein guter Tag. Ich hab's an den Augen vom Genossen Major gesehen, dass er zufrieden mit mir war. Ich hab den Konverter gefunden. War nicht besonders gut versteckt, sie hatte ihn einfach in ihre Unterwäsche gewickelt. Sie unterschätzen uns immer wieder. Schon als ich ins Abteil trat, hab ich gesehen, dass mit ihr etwas nicht stimmt. Sie hatte diesen Blick, bei dem bei mir alle Alarmglocken bimmeln. Ihre Hände zitterten, als sie mir den Pass gab. Das allein will noch nichts heißen. Jeden Tag sehe ich Dutzende Hände zittern. Manche sind schweißnass, manche eiskalt. Aber zittern tun sie alle.

Ihre Finger gehorchten ihr nicht, als ich den Pass zurückgab, und sie ließ ihn fallen. Sie zuckte zusammen, als ich nach ihrem Gepäck fragte. Klarer Fall. Sie hatte Süßigkeiten gekauft und Gesichtscreme, eine von diesen langbeinigen Puppen, die aussehen wie Hungerhaken und natürlich Seife. Das ganze Abteil duftete nach Seife, als ich die Kleider auseinanderschob. Alle kaufen sie drüben Seife. Als ob es bei uns keine gäbe.

Ich klopfte den Kofferboden ab, das habe ich mir von Anfang an zur Gewohnheit gemacht. Immer schön misstrauisch bleiben, wie der Genosse Major sagt. Der Koffer war in Ordnung. Dann sah ich den Blick, den sie mit ihrem Mann tauschte. Sie spitzte den Mund und er schob warnend die Augenbrauen nach oben.

Da musste etwas sein. Ein Baumwollhemd, ein BH und schließlich, bei Lenins Glatze, ein Kasten direkt unter dem Hemd, eingewickelt in einen weißen Schlüpfer mit Spitzenrand. Es war in helles Packpapier eingeschlagen und ich wusste schon anhand der Größe und dem Gewicht auf meiner Hand, was es war.

„Na, was haben wir denn hier?", fragte ich trotzdem. Sie zitterte inzwischen so sehr, dass sie nicht antworten konnte. Auch ihr Mann schwieg und sah zu Boden. Ich hielt das Päckchen hoch in die Luft und drehte mich zu den anderen Bürgern um. Es war totenstill im Abteil, als hätten sie vergessen, wie man Luft holt. Ich liebe diese Augenblicke, sie sind in meinem Beruf das Salz in der Suppe.

„Folgen Sie mir!" Das Paket vor mir her tragend, ging ich zur Waggontür. Eine schöne Trophäe. In solchen Momenten muss ich mich nicht umsehen. Ich weiß, dass sie mir nachschleichen, die Köpfe zwischen die Schultern gezogen. Krähen auf dem kahlen Winteracker. Die anderen Reisenden befassen sich lieber mit ihren Papieren oder sehen aus dem Fenster, als wären die weißen Wände da draußen eine wichtige Sehenswürdigkeit.

Dann kommt der unschöne Teil. Ich muss ein Protokoll tippen, zwei Durchschläge, einen für den straffällig gewordenen Bürger und einen für die zuständige Abteilung des MfS. Die alte ERIKA in der Schreibstube klappert und ächzt, aber sie tut ihren Dienst.

Was wurde geschmuggelt? Wo wurde es gefunden? Von wem wurde es gefunden? Was hat der Bürger dazu zu sagen?

Der Bürger, in diesem Falle eine Bürgerin, sitzt vor mir, ihre Knie bringen den Tisch zum Vibrieren und sie gräbt ihre Fingernägel in die Handflächen. Ihr Mann läuft draußen vor der Tür auf und ab, seine Füße werfen alle paar Sekunden Schatten in den schmalen Lichtstreifen unter der Tür. Nein, er könne nicht mit hinein, zum Verhör müsse sie allein, da könne er ihr nicht helfen, schließlich habe sie den Konverter geschmuggelt und nicht er. Mit Sicherheit hätte er an dieser Stelle behauptet, er habe das Teil in ihre Wäsche gewickelt, ohne das Wissen seiner Frau, wenn sie ihm nicht die Hand auf den Arm gelegt hätte. Tapfer, tapfer. Fast schon beneidenswert, dieses Mitfühlen und Mitleiden.

Warum sie unbedingt die westlichen Sender sehen wolle? Meine Hand schwebt über den glänzenden Tasten der ERIKA.

Sie zuckt mit den Schultern. Das wisse sie jetzt auch nicht mehr. Sie hätte geglaubt ...

Was geglaubt?

Erneutes Schulterzucken. Wie schreibt man das ins Protokoll? Die Bürgerin verweigert die Aussage. Punkt. Sollen die Genossen vom MfS daraus schlussfolgern, was sie wollen. Der Interzonenzug muss weiter. Für den Aufenthalt ist nur eine Stunde vorgesehen, jetzt sind es schon zwei. Die Hunde auf dem Bahnsteig brauchen auch eine Pause, sie sind kaum noch zu beruhigen.

Ich unterzeichne das Protokoll, zack, und schiebe es der Frau über den Tisch. „Unterschreiben Sie das!" Sie nimmt den Stift und schreibt, krakelig und leicht schief. Sie nimmt sich nicht die Zeit, das Protokoll zu lesen. Das tun sie nie. Wozu auch.

Der Transitfahrer

Der Heimweg ist immer kürzer. Da kann die Physik nichts dran ändern.

Seit der Grenze flutschen die Kilometer ohne Probleme unter mir weg. Hanni wird schon warten. Sie freut sich immer auf den frischen Bohnenkaffee. Und ich freue mich auf sie, warm und weich, endlich was anderes in den Händen als dieses magere Lenkrad. Wenn der Kleine erst schläft, geht es rund. Ich hab ihr diesmal ein echtes Kölnisch Wasser gekauft. Die Zöllner tun immer, als wüssten sie alles, wenn sie im Fahrerhaus herumschnüffeln. Drauf gesessen hat er mit seinem uniformierten Arsch und hat nichts gemerkt. Oder wenn sie mit ihren Spiegelpritschen unter den Hänger fahren! Als ob irgendjemand dort noch was verstecken würde. Ich könnte ihnen Tricks zeigen, aber hallo.

Der Hänger springt, wenn er leer ist, wie ein junger Bock. Heimwärts fahre ich meistens leer, Export ist eben wichtiger als Import. Nicht, dass es drüben nichts gäbe, was sich lohnen würde, aber womit sollten wir das bezahlen?

Auf dem abschüssigen Kopfsteinpflaster scheppert's ganz schön. Aber die Leute in diesem Kleckerdorf sind den Krach gewohnt. Es ist Abendbrotszeit, keiner mehr auf der Straße, hier ist sowieso der Hund begraben.

Nun schau dir diese Katze an, in einer Seelenruhe schleicht sie über die Straße, als wäre sie hier zu Hause. Sieht mir noch entgegen und legt keinen Zahn zu, aber der werd ich Beine machen. Die denkt doch nicht etwa, dass ich für sie auf die Hemme gehe?

Verflucht! Ein gelber Köter am Straßenrand, kläfft wie wild, das Katzenvieh bleibt einfach stehen, faucht, mitten auf der Straße, zehn Meter vor mir. Das Bremspedal haut durch bis aufs Bodenblech, Reflexe! Fünf Meter, Reifen schlittern über Kopfsteine, der Hänger bricht aus, schlenkert, zwei Meter, der Karren rutscht wie auf Seife. Das Katzenvieh verschwindet vor der Motorhaube.

Ein Ruck, die Kiste steht. Stille, der Motor ist abgesoffen. Ich lasse die Luft aus der Lunge, ziehe die Handbremse, die Pneumatik zischt und ich öffne die Fahrertür. Ein Blick nach hinten, der Hänger steht schräg hinter der Zugmaschine. Quer über die Straße, egal. Ich klettere von meinem Sitz, gehe vorn herum und gucke zwischen die Vorderreifen. Jetzt bloß keine Sauerei.

Zwei schwarze Streifen auf dem Granitpflaster stinken nach Gummi. Ich fluche leise. Schon wieder neue Reifen – wie soll ich das dem Brigadier erklären? Und drüben sind sie pingelig bei technischen

Kontrollen. Mit abgefahrenen Latschen schicken sie dich glatt zurück. Unter meinem Sitz liegt eine Stabtaschenlampe. Ich hole sie und leuchte den linken Radkasten aus. Bei diesen Katzenviechern weiß man nie. Maxe hat mal eine im Motorraum bis nach Frankreich mitgenommen.

Ich gehe auf die andere Seite. Auch hier nichts, kein Fell, kein Blut, keine Katze. Als ich mich wieder hoch drücke, steht ein alter Mann vor mir. Auf dem Arm hält er ein gelbes Fellbündel, das mich leise anknurrt. Ein ausgefranstes Ohr hängt dem Bündel übers Auge, das andere Auge funkelt böse.

„Das ist der Hund meiner Enkelin!", sagt der Alte. Seine Augen funkeln beide böse.

„Ja, und?"

„Sie hätten ihn beinahe überfahren!"

„Ihn?", frage ich dümmlich und zeige auf das Knäuel. Es knurrt lauter und schnappt nach meinem Finger.

„Sehen Sie hier noch einen?"

„Ich dachte, da wäre eine Katze gewesen. Sie saß auf der Straße."

„Ach Katze, es geht um den Hund. Meine Enkelin hängt sehr an ihm."

„Offensichtlich geht es ihm gut. Und wenn die Katze nicht ..."

Der Alte tritt einen Schritt vor und mustert das Transitschild an der Stoßstange. „Du machst rüber?", fragt er.

„Ja, für die IFA Motorenwerke, meist nach Dortmund oder Köln." Warum erzähle ich ihm das eigentlich?

30

„Mein Sohn wohnt im Ruhrgebiet, in Bottrop."
Und meiner hier ganz in der Nähe und er wartet auf mich, denke ich und nicke stumm.

„Hast du auch wen drüben?"

Ich schüttele den Kopf. Keine Ahnung, der Alte. Westverwandtschaft bei Transitfahrern, das wär's! Nicht mal eine angeheiratete Urgroßtante ist erlaubt, das wird strengstens überprüft. Maxe sagt, auf die Ahnentafel, die wir bei unserer Einstellung vorlegen mussten, wäre Adolf Hitler neidisch gewesen.

„Du kannst das wieder gut machen, mit dem Hund!"

Ich nicke, um endlich hier wegzukommen. Vielleicht ist der Alte schon ein bisschen plemplem.

Doch als er mich beiseite zieht und mir erklärt, wie meine gute Tat aussehen soll, bekomme ich runde Augen. Erst will ich entrüstet ablehnen, doch dann denke ich mir, dass für mich was dabei rausspringen könnte. Als ich endlich einsteige und weiterfahre, steht eine Telefonnummer im Inneren meiner Zigarettenschachtel.

Einen ZDF-Konverter habe ich schon einmal geschmuggelt, das dürfte kein Problem sein. Und Bottrop liegt fast auf meiner Strecke, die paar Kilometer mehr merkt niemand. Vielleicht kann dieser Hans mir auch ein Stück entgegenkommen, nach Unna vielleicht. Ein großer Parkplatz, da fällt es nicht auf, wenn ein Päckchen seinen Besitzer wechselt.

Hanni, ich komme! Und nächstes Mal gibt es wieder Kaffee und wer weiß ... Nur in diesem Kleckerdorf muss ich in Zukunft langsamer fahren. Bei diesen Katzenviechern weiß man nie.

Nachbar Klaus

Wenn Anita so weiter macht, platzt mir der Kragen. Erst vorletzte Woche holt sie diese Lederjacke aus dem Exquisit, schlappe 800 Mark. Immerhin sagt sie, die zählt als Geburtstagsgeschenk. Doch dann die Lacklederstiefel, ich möchte nicht wissen, was die gekostet haben, und nun auch noch dieses rote Kleid, das aussieht, als will sie damit direkt zur Leipziger Messe und anschaffen gehen.

Aber wehe, wenn ich von dem Fernseher anfange. Dabei wär' das doch mal was! Colorlux, riesige Bildröhre, Fernbedienung und Farbe! Das Ding wiegt fast so viel wie Anita, da ist Technik drin ohne Ende. Aber ich kriege das hin. Erst letzte Woche habe ich drei Konverter eingebaut. Gut, beim Fleischer gab's statt Kohle einen schönen großen Schinken und sechs Rouladen, das ist auch in Ordnung. Mein Nachbar dagegen, der Goldjunge, hat jede Menge Westverwandtschaft, der zahlt mit blauen Fliesen. Wenn ich die günstig eintausche, habe ich ein Drittel vom Fernseher zusammen. Das kann ich

Anita natürlich nicht sagen, die rennt damit sofort in den Intershop. Wo sie doch so dringend eine neue Levi's braucht, ha!

Das Geschäft mit den Konvertern ist ein Riesenglücksfall für mich. Das ganze Dorf giert nach den Dingern. Nun hab ich bei der Ausbildung zum BMSR-Mechaniker ein bisschen aufgepasst. Betriebs-, Mess-, Steuer- und Regeltechnik, das klingt doch nach was, oder? Nicht, dass die uns beigebracht hätten, wie man Westfernsehen in die Staßfurter Geräte einbaut, das natürlich nicht. Aber wenn man nicht ganz auf den Kopf gefallen war und sich ein bisschen durchgefragt hat, wusste man schnell, worauf es ankam. Dann bekam ich die Stelle beim RFT, hier gibt es Material in Hülle und Fülle. Mikroelektronik lässt sich super in der Hosentasche verstauen. Das bisschen Löten mache ich zu Hause im Keller. Darf natürlich keiner mitkriegen, der mich anscheißen könnte. Ich überlege mir gut, wem ich die Dinger einbaue. Manchmal stelle ich mir vor, der ABV würde mich danach fragen. Dann müsste ich mich verflucht dumm anstellen und so tun, als wüsste ich nicht, wovon er redet.

Manche haben auch fertige Konverter aus dem Westen bekommen, so wie mein Nachbar, der mit dem Hund. Der hat sogar sein Auto über GENEX gekriegt. Und die Waschmaschine. Aber zum Einbauen brauchen sie mich dann doch. Die Dinger sind natürlich etwas eleganter als meine Marke Eigenbau. Und sie funktionieren auch ein bisschen besser, das muss ich zugeben. Das liegt aber nicht an mir, die da drüben haben einfach die besseren Transistoren.

Gestern war ich bei Kalle, der strahlte übers ganze Gesicht, als Claus Seibel in seiner alten Glotze die *heute*-Nachrichten ankündigte.

„Ade, Eduard!", rief er begeistert. „Nie wieder Schwarzer Kanal!" Und seine Susi, die Augenweide, hat mir einen Kuss auf die Wange gegeben, das war schon was. Aber als Lohn reicht das nicht, Kalle baggert im Sommer meine Einfahrt aus und legt mir Pflastersteine. Granit übrigens, hab ich vom Leiter der Baustoffversorgung, weil ich bei ihm – Sie wissen schon.

Nun muss ich noch ein paar Konverter zusammenlöten, damit es für den Farbfernseher reicht. Mit 'ner gepflasterten Einfahrt kann ich den nicht bezahlen. Wenn Anita weiter meckert, muss ich sie daran erinnern, dass wir nach nur drei Wochen einen neuen Auspuff am Wartburg hatten, dass sie zweimal kostenlos zum Friseur gegangen ist oder dass die Frau Becker vom Konsum im Nachbardorf letzten Sommer Melonen aus Bulgarien für uns zurückgelegt hatte. Ja, mein Ruf reicht langsam über die Dorfgrenzen hinaus, was mir auch ein wenig Sorgen macht. Im eigenen Dorf weiß man ja so ungefähr, wer für die Firma Horch und Guck arbeitet. Aber in den Nachbargemeinden?

Beim Leiter der Baustoffversorgung habe ich die Nacht vorher kein Auge zugemacht. Aber es ist alles gut gegangen, es gab sogar einen Folgeauftrag bei seinem Schwager, dem Hausmeister der Schule.

34

Der hatte Maschendraht übrig vom Einzäunen des Schulhofes, mit passenden Betonpfosten dazu. Es reichte gerade für den Garten hinter unserem Haus. Die Sekretärin von der Baustoffversorgung hatte auch diesen fragenden Blick, mal sehen ... Anita will, dass ich das Bad neu mache. Fliesen fallen nicht vom Himmel, verzinkte Leitungsrohre auch nicht. Ich muss vorausdenken.

Wenn ich gut wirtschafte, springt vielleicht sogar noch ein Urlaub am Balaton raus. Damit wäre Anita auch zufrieden. Dort kann sie dann ihre Jeans kaufen und diese bunten Pullover mit den Blumen, auf die sie so steht. Und ich liege am See, esse gegrillten Fisch und Pfirsiche und räkele mich in der Sonne. Dem Westfernsehen sei Dank.

Westbesuch

Eva sitzt auf einem Ameisenhaufen. Genau genommen ist es ein gewöhnlicher Klassenzimmerstuhl, Sperrholz, an der Vorderkante gesplittert, zerkratzte Metallbeine und mit hoher Wahrscheinlichkeit klebt ein Kaugummi darunter. Die Deutschstunde zieht sich wie besagtes Kaugummi. Dabei mag Eva Deutsch, vor allem Literatur. Der Osterspaziergang. Vom Eise befreit, das klingt wie ein Versprechen und an einem anderen Tag hätte es gewiss Spaß gemacht, sich eine Melodie dazu auszudenken. Heute jedoch kann sie es kaum erwarten, das Klingelzeichen zu hören. Es ist Gründonnerstag, Onkel Hans ist zu Besuch, die Kusinen spielen zu Hause, schlimmstenfalls gerade in ihrem Zimmer, und sie muss hier sitzen.

Onkel Hans und seine Familie kommen jedes Jahr, wenn die Mädchen Osterferien haben, und sie sagen *die Omma Müller* zur Oma. Sie haben zwei Wochen Ferien, Eva hat nur Karfreitag frei, eine Ungerechtigkeit, die doppelt wiegt, weil sie sich bei niemandem darüber beschweren kann.

Sie rennt vom Schulbus nach Hause, sie will nicht noch mehr verpassen. Der chromblitzende Audi steht vor dem Haus. Ein Glück, wenigstens sind sie nicht ohne Eva zur Rosstrappe oder ins Kyffhäusergebirge gefahren. Der gelbe Hund liegt träge auf dem Hof und hebt nur kurz den Kopf. Er sieht zufrieden aus, er hat mit Sicherheit den Morgen genutzt und die vier fremden Räder markiert.

Das große Haus ist wie verwandelt. Alle Türen stehen offen, Schuhe und Jacken liegen im Flur durcheinander. Es duftet nach Bananen und Sonntagsbraten. Die Wohnung der Großeltern in der unteren Etage, sonst still und aufgeräumt, gleicht einem Kinderspielplatz. Auf einem Sessel liegt eine halb aufgegessene Tafel Schokolade. Die Mädchen rennen kreischend von Raum zu Raum, die große Kusine vornweg, die Kleinste mit hochrotem Kopf hinterher. Eva wird ignoriert, klettert wortlos über die Schuhe hinweg.

„Willst du noch was essen?", ruft Großmutter aus der Küche.

Eva schüttelt den Kopf und trägt den Ranzen nach oben. Dort riecht es nach Pfeifenrauch und Vanille. Onkel Hans und Vater basteln am Fernseher herum.

„Klaus hat ihn eingebaut, allein hätte ich das nicht hingekriegt", hört sie den Vater sagen.

„Habt ihr keine Angst, dass der euch verpfeift?", fragt Onkel Hans.

„Quatsch, der hängt doch mit drin. Hat doch im ganzen Dorf die Dinger eingebaut. Angeblich baut er sogar selbst welche, für Leute, die drüben keinen haben. Da muss man aber jeden Abend erst ewig dran rumdrehen, ehe man das ZDF findet."

Onkel Hans zieht an seiner Pfeife, ein leises Schmatzen, dann wabert eine nach Vanille duftende Rauchwolke durch den Raum.

„Habt ihr eigentlich Ärger gehabt, wegen der Sache mit dem Zoll?", fragt er.

Doch der Vater antwortet ihm nicht, er hat Eva vor der Tür entdeckt und nickt ihr zu. „Na Große?"

Am Abend spielen die Mädchen im Kinderzimmer „Im Nachthemd über die Alpen", ein Spiel, das die Kusinen vorgeschlagen haben. Eva und ihre Schwester haben keinerlei Vorstellung von den Alpen, aber das ist für das Spiel nicht wichtig. Es endet mit zerfledderten Kissen, blauen Flecken und dem Eingreifen der Erwachsenen. Die kleine Schwester wird ins Elternschlafzimmer gebracht. Dann reden sie bis in die Nacht hinein, wobei Eva schon am ersten Abend dem Ruhrpott-Dialekt verfällt. So blöd sie das am Anfang fand, Eva sagt jetzt auch *die Omma* und *wat?* und setzt vor jeden Satz ein kategorisches *hömma*.

Die Mädchen rücken dicht zusammen in einem Bett, unter einer Decke. Pia erzählt von einem furchtbaren Fluch auf einer abgetrennten Hasenpfote und dem todbringenden Geist im Haus des alten Richters.

„Tu du mal wat zum Fürchten erzählen!", sagt die älteste Kusine. Eva fallen nur zwei Gruselgeschichten ein: die Erschießung von Ernst Thälmann in Buchenwald und der Simplizissimus aus dem Deutschunterricht. Die Wahl fällt auf letztere und Eva beschreibt ihnen anschaulich den Schwedentrunk.

Sie ist noch nicht am Ende, da fängt die kleinste Kusine an zu schreien. Die große Kusine verpasst Eva eine Ohrfeige. Wieder kommen die Erwachsenen ins Zimmer, diesmal wird die kleine Kusine heraus geholt und ins Elternbett gebracht.

Am Ostersamstag gibt es vormittags eine Einkaufsfahrt in die Kreisstadt. Eva sitzt hinten im Audi, versinkt im Polster und reckt den Hals ganz lang. Sie hält Ausschau nach möglichen Zeugen ihrer Fahrt im Westauto. Zur Strafe für ihren Hochmut wird ihr furchtbar übel von dem ungewohnten Schaukeln und sie bekommt Angst, das hastig verschlungene Frühstück könne sich auf den dunkelblauen Samt verteilen.

Die Omma Müller sitzt auf dem Beifahrersitz und jammert, dass sie den Kusinen nichts zu kaufen weiß. Deshalb gibt sie ihnen Geld und sagt: „Sucht euch selbst was Schönes aus.“

Das Auto hält vor dem Kaufhaus Magnet. Eva sieht, wie die Konsumgüter des sozialistischen Einzelhandels den Kusinen nur unwilliges Stirnrunzeln oder ungläubiges Kichern entlocken. Nach Lustloskäufen von Baumwoll-Unterwäsche, Malimo-Handtüchern und lehrreichen Quartettspielen entdecken die Kusinen den Buchladen. Die Älteste wühlt mit Onkel Hans in den Schallplatten mit klassischer Musik, die Kleine blättert in den Märchenbüchern.

„Haben Sie Remarque?“, fragt die Älteste.

Die Buchhändlerin schüttelt den Kopf.

„Rilke?"

„Vielleicht nächste Woche."

Sie kann nicht wissen, dass die Kusinen nächste Woche nicht mehr hier sind. Die Omma Müller zückt ihr Notizbuch und schreibt auf, wonach die Kusine fragt. In einem halben Jahr muss sie Weihnachtsgeschenke kaufen.

Die kleine Schwester

Eva nimmt mich an der Hand. Wir gehen Eis kaufen, Oma hat Geld mitgegeben. Die Kusinen gehen auch mit. Kaum sind wir die Straße ein Stück hinunter, läuft der Hund hinter uns her. Pia lockt ihn, sie nennt ihn Löwenzahn.

„Lass ihn bloß in Ruhe, wir werden ihn sonst nicht mehr los!", sagt meine Schwester in ihrem Bestimmerton. „Und außerdem heißt er Jello", fügt sie hinzu.

„Komm her, Löwenzahn, komm!" Pias Stimme klingt zuckersüß.

Jello hechelt hinter uns her. Mir gefällt der Name Löwenzahn besser. Meine Schwester zerrt an meinem Arm, sie rennt jetzt fast den Berg hinab.

„Nicht so schnell!", jammere ich. Die Straße ist voller Löcher.

„Sei still, wir dürfen nicht bummeln!" Der Bestimmerton.

Pia dreht sich immerzu um, ob Löwenzahn noch hinter uns ist. Sie tritt in ein Loch und stolpert. „Pass doch auf!" Auch die älteste Kusine hat einen Bestimmerton.

Zwei Frauen stehen vor dem Konsum. Sie blockieren die Treppe. „Ja, Kinger, wo wullt ihr dann hin?"

„In den Konsum", antwortet meine Schwester, dieses Mal hat sie den Ich-bin-ein-braves-Mädchen-Ton.

„Wo tun wir schon hin wollen, wenn wir auf der Treppe vom Tante-Emma-Laden stehen?", murmelt die älteste Kusine.

„Das ist nicht Tante Emma!", sage ich.

„Dann is dat eben Tante Konsum", faucht sie mich an.

„Wenn das man nich die Kinger von Hans sind!", sagt die eine Frau und geht keinen Schritt zur Seite.

„Un so groß schonne wedder!"

Meine Schwester nickt. „Das sind die Kusinen aus Bottrop!", sagt sie.

„Jo, das Große sitt uus wie der Hans!", sagt die andere Frau.

Die Große drängelt sich zwischen den bunten Schürzen durch und zieht ihre kleinste Schwester hinter sich her. Meine Schwester folgt ihrem Beispiel. Pia bleibt draußen bei dem Hund.

Die Frau im Konsum schiebt uns den kleinen Pappkarton mit Plastiklöffelchen über den Ladentisch. Meinen sucht meine Schwester aus, denn ich komme nicht an den Karton. Die Kusinen staunen über die streichholzlangen bunten Dinger, auf denen Jungen- und Mädchennamen stehen.

„Auf deinem steht Gerda", sagt die große Kusine zu mir. Sie hat Lothar gezogen und kraust unzufrieden die Stirn. Dafür ist ihr Löffel schön rot. Meiner ist grün, meine Schwester hat einen gelben. Ich kann sie nicht nach dem Namen fragen, denn sie ist gerade damit beschäftigt, Eis einzukaufen.

Danach sitzen wir vor dem Konsum auf einer Mauer. Mit dem kleinen grünen Löffel kratze ich winzige Portionen von dem harten Eis. Meine Schwester hat für alle Vanille gekauft. Schoko gab es nicht mehr. Ich muss aufpassen, dass nichts herunterfällt.

„Hömma, wie könnt ihr so hartes Zeug essen? Und dat mit solchen Löffeln?", fragt die älteste Kusine plötzlich.

Ich sehe meine Schwester an. Was will sie? Eis *ist* so hart.

Pias lilafarbener Löffel bricht ab. Ich bin froh, dass es mir nicht passiert ist. Ohne Löffel kann man das Eis nicht essen.

„Dat Eis kann man nicht essen", sagt Pia entschieden und wirft es dem Hund hin. Der Becher platzt auf und der hellgelbe Eisklumpen rollt ihm vor die Pfoten. Er schlingt das Eis mit einem Happs hinunter und wedelt mit dem Schwanz. Die älteste Kusine wirft ihren Becher in den Abfalleimer neben der Tür. Nur den schönen roten Löffel gibt sie der Kleinen.

„Kommt!", sagt sie zu ihren Schwestern. „Wir gehen zur Omma Müller."

Sie laufen die Dorfstraße hinauf. Pia schaut rückwärts nach dem Hund, doch der leckt die Straße sauber, dort, wo das Eis lag. „Löwenzahn!", ruft sie. Ich bin froh, dass der Hund nicht macht, was Pia will.

„Warum sagen sie Omma Müller zu Oma?", frage ich meine Schwester.

„Wo sie wohnen, heißt das so."

„Wo wohnen sie?"

„Ganz weit weg, hinter der Grenze."

„Was ist Hinterdergrenze?", frage ich, doch meine Schwester steht auf und sagt im Bestimmerton: „Das mit dem Eis dürfen wir Oma auf keinen Fall erzählen, hörst du? Pionierehrenwort!"

Ich nicke. „Bärenwort!"

Das Halstuch

Am Ostermontag muss Eva in die Schule. Auch das findet sie ungerecht, aber es ist nicht zu ändern. Die Kusinen schlafen noch fest, als sie sich im Dunkeln aus dem Zimmer schleicht. Montags ist Appell, egal ob Ostern oder nicht. Sie darf das Halstuch nicht vergessen. Seit Dezember tragen sie das rote Halstuch der Thälmann-Pioniere, nicht mehr das blaue der Jungpioniere. Nicht, dass das jetzt was Besseres wäre. Die Sechstklässler betrachten es als Notwendigkeit, über die sie nicht lange reden. Sie stopfen das rote Dederontuch in den Schulranzen, binden es im Schulbus um – möglichst spät, versteht sich – und lassen es nach dem Appell wieder im Ranzen verschwinden. Einige Jungen vergessen es auch regelmäßig, wie Hausaufgaben oder den Sportbeutel. Es gibt dann jedes Mal einen Eintrag.

An diesem Montagmorgen geht es hektisch zu, die kleine Schwester steht in der Küche und quengelt, weil sie nicht bei den Kusinen im Zimmer schlafen darf. Der Vater kommt in die Küche und flucht:

„Der blöde Köter ist schon wieder abgehauen. Er hat den Drahtzaun hochgedrückt."

„Jello ist kein Köter", sagt Eva empört. Die Mutter nimmt die Kleine auf den Arm, steckt das Frühstücksbrot in Evas Tasche und schiebt sie zur Tür.

„Nun lauf, sonst verpasst du den Bus!"

Unterwegs hält Eva Ausschau nach dem Hund. Doch selbst wenn sie ihn finden würde, ihn zurückzubringen, würde Zeit kosten, die sie nicht hat. Der Bus wartet nicht. An der Bushaltestelle ist noch etwas Zeit zum Reden, Ostererlebnisse werden ausgetauscht. Eva prahlt ein bisschen mit dem Westbesuch.

„Was haben sie dir mitgebracht?"

„Die letzten Bravos!"

Allgemeines Aufstöhnen unter den Mädchen. Die Jungen stehen für sich und hören ohnehin nicht zu.

Eva gerät in Fahrt: „Tatsächlich hat meine Kusine Pia im Auto auf den letzten drei Ausgaben der Bravo gesessen, damit die Zöllner sie nicht finden. Sie ist so mutig. Sie sagt, sie hätte überhaupt keine Angst gehabt. Ihr glaubt nicht, was die für Gruselgeschichten kennt!"

„Was für Poster sind drin?", fragt Karola.

Eva spannt sie ein bisschen auf die Folter, indem sie so tut, als müsse sie überlegen. Dabei kennt sie die drei Hefte inzwischen beinahe auswendig.

„Rubettes, ACDC, Smokey und ABBA."

„Das fetzt! Hast du sie schon an der Wand?"

Der Schulbus kommt und enthebt sie vorläufig einer Antwort. Jetzt muss erst mal jeder seinen Platz

46

finden im allgemeinen Gedränge. Die Großen beanspruchen die letzten Reihen, da wagt sich niemand von den Sechstklässlern hin. Die Jungs aus Evas Klasse sitzen vorn beim Busfahrer, um irgendwelche Jungs-Fragen loszuwerden. Die Mädchen verteilen sich auf den mittleren Plätzen. Als der Bus losfährt, sieht sie den Hund aus der Schmalen Gasse kommen. Er sieht zufrieden aus.

Neben ihr kramen sie im Ranzen. Es durchfährt sie siedend heiß. Das Halstuch! „So ein Mist. Ich hab das Rote vergessen!"

Karola schaut sie an. „Echt?", fragt sie lauernd und grinst.

Erleichtert packt Eva ihren Arm: „Hast du noch welche mit?"

Karola ist seit kurzem die Halstuchrettung. In den Winterferien hatte ihre Mutter das neue rote Halstuch gewaschen und beim Bügeln ein schwarzes Dreieck hinein gebrannt.

„Dederon darf doch nicht gebügelt werden", hatte Evas Oma gerufen, als sie ihr von Karolas Pech erzählte.

Halstücher konnte man nicht einfach kaufen, sie wurden verliehen. Doch Karolas Mutter war erfinderisch. Sie schnitt von der roten Arbeiterfahne, die jedes Jahr am ersten Mai aus dem Fenster gehangen werden muss, einen Streifen ab und nähte gleich drei neue Halstücher daraus.

„Bin gespannt, was sie dem ABV erzählt, warum ihre Fahne plötzlich quadratisch ist", hatte Großmutter kommentiert. Doch Karola meint, das würde keiner merken, außerdem könnten sie ja noch die DDR-Fahne raushängen. Sie trägt jetzt immer zwei Reservetücher im Ranzen, die sie an Vergessliche ausleiht. Gegen Gebühr, versteht sich.

„Was willst du dafür?", fragt Eva.

Karola überlegt nicht lange: „Das Poster von den Rubettes."

Eva stockt der Atem. Warum konnte sie nicht die Klappe halten? Das hat sie nun von ihrer Angeberei, ausgerechnet die Rubettes. Lohnt sich dafür ein Anranzer von ihrem Klassenlehrer? Ein Eintrag ins Klassenbuch? Hämische Blicke beim Appell? Sie ist nicht mutig, also nickt sie betrübt und nimmt das selbstgenähte Halstuch in Empfang.

Der langhaarige Rainer aus der Siebten kommt von hinten und schaut Karola über die Schulter. Er braucht auch ein Halstuch.

„Was kriege ich dafür?", fragt Karola triumphierend. Der Montag ist ihr Tag.

Rainer beugt sich herab und flüstert ihr etwas ins Ohr. Karola wird so rot wie das Tuch, das sie ihm ohne ein weiteres Wort aushändigt.

Was für eine Ziege! An diesem Tag redet Eva kein Wort mehr mit ihr.

Der Lehrer

Die zwanzig Minuten Pausenaufsicht nerven. Für ältere Lehrer gehören sie abgeschafft. Als ob ich nicht schon genug von den Plagen im Unterricht um mich habe. Und ausgerechnet montags, wo auch noch Appell ist. Das zieht sich in die Länge wie der Vortrag über den Abschlussbericht des Parteitages. Gerade jetzt, wo der Wind an den Hosenbeinen zerrt und mir das Reißen in die Narben fährt. Wenn sie nur erst alle ihre Flasche Milch haben, dann kehrt Ruhe ein.

„He, du Napfsülze, stell dich hinten an!"

Als ob nicht genug für alle da wäre. Frau Holsten am Milchstand sieht auch erschöpft aus. Ist nicht einfach für sie, mit ihrem Wasser in den Beinen. Der Mann ist im Krieg geblieben, der hatte weniger Glück als ich. Und nach der Pause das Flaschenspülen, immer in der Blechwanne auf dem Hof, egal bei welchem Wetter. Da steh ich längst wieder im warmen Klassenzimmer.

„He, du Puttchen, bleib stehen! Ihr sollt nicht rennen mit den Flaschen in der Hand, wie oft denn noch? Komm her! Was hast du da am Ärmel?"

Das erkenne ich sogar ohne Brille, eine schwarz-rot-goldene Fahne, allerdings ohne Hammer, Zirkel und Ährenkranz. Die Fahne des Klassenfeindes. Was denken sich denn diese Eltern nur, das Kind mit einer solchen Jacke in eine sozialistische Schule zu schicken? Packen ein Westpaket nach dem anderen aus, fahren einen dicken GENEX-Wartburg und fragen sich nicht, wer die tägliche Flasche Fruchtmilch für ihr Kind subventioniert. Dabei hat dieses Puttchen ein dickes I in der Spalte *Herkunft* im Klassenbuch. I wie Intelligenzkind. Da sieht man, wie weit es her ist mit der Intelligenz.

„Das möchte ich nicht noch einmal sehen, hast du verstanden? Am besten, du lässt die Jacke ab morgen zu Hause."

Guckt mich an wie 'ne Gans, wenn's donnert, das Puttchen. Die versteht gar nicht, was ich von ihr will. Da muss ich die Tage noch mal ein Auge drauf haben. Vielleicht 'ne Ranzenkontrolle machen. Sowieso problematisch, dieses Kind. Hat wohl letzte Woche der Kollegin Buntfuß auf die Frage, warum denn ihre Mitschülerin Angelika so lange schon fehle, rotzfrech geantwortet, die sei mit ihren Eltern in den Westen abgehauen. Ich dachte, die Buntfuß kriegt 'nen Herzinfarkt, anschließend im Lehrerzimmer. Selber schuld! Was fragt sie so blöd. Es wussten doch alle, dass die weg sind. Nur nicht in den Westen, sondern in den Knast. Spektakulärer

Versuch, mit 'nem gepanzerten KAMAS bei Ellrich auf dem Gleis, wo die Güterzüge rüberfahren. Der LKW hat's nicht überstanden. Es heißt sogar, das Mädchen wäre angeschossen, aber das sind natürlich nur Gerüchte, wie sie dann immer aufkommen. Doch jetzt klingelt's zum Appell. Die 8a ist heute dran mit dem Programm. Ich bin mal gespannt, was der Borgmeier auf die Beine gestellt hat mit dieser Bande.

„Stellt euch auf, jede Klasse an ihren Platz! Die erste Reihe ausrichten! Und rechte Winkel an den Ecken, ihr wisst doch, wie rechte Winkel aussehen?"

Die 8a steht vorn, Borgmeier mit Gitarre. War ja klar. Aufschneider. Statt seine Truppe im Griff zu haben, klimpert er mit ihnen rum. Wahrscheinlich irgendwas von diesem Oktoberklub. Dieses neumodische Gekrächze kann man sich kaum noch anhören.

Und dann der Kollege Winter mit seiner Fünften. Ja, Sportlehrer müsste man sein. Keine Arbeiten aufstellen, keine Korrekturen. Steht da wie ein russischer Panzer. Aber wie man hört, sind ihm die Eltern aufs Dach gestiegen, geschieht ihm recht. Lässt seine Schüler nackt schwimmen. Sogar die katholischen, da kennt er nichts. Er wolle sie zu freien sozialistischen Persönlichkeiten erziehen. Da stört eine Badehose offensichtlich. Der Elternprotest hat aber wohl nichts gebracht. Schlappschleudern gegen Panzer, haha.

Jetzt kommt der Chef mit der roten Mappe, hoffentlich macht er es kurz. Der Wind wird stärker, den interessiert es nicht, ob wir hier über den Weltfrieden reden. Und am Zaun treibt sich schon wieder dieser struppige gelbe Köter rum. Der weiß genau, wann die Pause zu Ende ist. Spekuliert natürlich auf die Stullenreste, die auf dem Hof herumliegen. Man müsste sich bei der Gemeinde beschweren, solche Streuner gehören erschossen.

Die Schule

Evas Polytechnische Oberschule ist aus verschiedenen Gebäuden zusammengewürfelt und über drei
Dörfer verteilt. Zum Biologie- und Chemieunterricht
muss sie in den Schulbus steigen und ins Nachbardorf fahren. Der polytechnische Unterricht findet in
einer Baracke auf einem Schachtgelände statt, für
Schleifen, Bohren, Sägen und technisches Zeichnen
ist ein ganzer Tag in der Woche eingeplant, sonst
würde sich die Fahrt dorthin nicht lohnen.
Auch Evas Klassenzimmer befindet sich nicht auf
dem eigentlichen Schulgelände, sondern einen kur-
zen Fußweg die Straße entlang im Haus der Familie
Zwölfer, die Platz genug hat, an die Schule einen
Raum zu vermieten. Nach der großen Pause stürmen
sechsunddreißig Kinder zwei Treppen hoch, oben
steht Frau Zwölfer vor der Tür. Sie hat einen Säug-
ling, der nebenan schläft und sie bittet händeringend
um Ruhe. Die Jungen interessiert das kaum. In den
wenigen Minuten, bevor der Deutschlehrer kommt,
klauen sie Hanna die Mütze und werfen sie über die

Köpfe hinweg durch den Raum. Hanna schreit und Frau Zwölfer geht ihren Mann holen. Die Mütze fällt auf den schwarzen gusseisernen Ofen, der hinten im Raum steht. Herr Zwölfer hat ihn angeheizt, lange, bevor die Schulbusse vorgefahren sind. Noch ehe Hanna die Mütze herunterholen kann, riecht es versengt.

Die anderen Mädchen achten nicht auf das Geschrei, sie haben inzwischen schnell noch ein paar Kaugummibilder gekolzt, Eva hat Karola schweren Herzens das Rubettes-Poster zugeschoben. Karola schaut nur kurz zwischen die gefalteten Seiten, es aufzuschlagen, wagt sie nicht, der Lehrer muss jeden Augenblick da sein. Sie sieht rote Anzüge und weiße Schlägermützen und nickt zufrieden. Sie schiebt das buntglänzende Papier in den Schulatlas in ihrem Ranzen.

Dann steht der Deutschlehrer in der Tür und brüllt: „Was fällt euch ein, ihr Napfsülzen? Warum sitzt ihr nicht auf euren Plätzen?"

Sein Blick fällt auf Hanna, die mit der versengten Mütze in der Hand am Ofen steht. „Was machst du hier, du Puttchen? Geh sofort auf deinen Platz!"

Hanna schleicht nach vorn in die erste Reihe. Alle packen eilig ihre Bücher aus. Nebenan schreit das Baby. Sie hören Frau Zwölfers gurrende Stimme, draußen unter dem Fenster bellt ein Hund. Der hört sich an wie Jello, denkt Eva.

Doch dann konzentriert sie sich auf den Deutschlehrer. „Schlagt das Lesebuch auf, wir machen mit dem Simplizissimus weiter."

Während sie lesen, schlendert er durch die Reihen. Neben Eva bleibt er stehen. Mit strengem Blick mustert er ihren Ranzen, der mit offener Klappe am Tisch hängt. Das Poster!, durchfährt es sie siedend heiß. Doch dann fällt ihr ein, dass es jetzt in Karolas Tasche steckt. Ihr Vater ist irgendwas Hohes bei der Kreisleitung, ihre Tasche wurde noch nie kontrolliert.

Der Lehrer geht weiter und Eva wendet sich wieder dem Simplicius zu. Karola stößt sie mit dem Ellenbogen an und grinst. Was will sie? Sie schiebt ihr das Lesebuch zu und zeigt auf ein unanständiges Wort. *Huren*. Eva nickt. Der ganze Text wimmelt von Szenen, bei denen sie hofft, sie nicht laut vorlesen zu müssen.

Die Verkäuferin

Wenn ich ein Raumspray entwickeln müsste, würde ich es nach Intershop duften lassen. Kein anderer Geruch ist so unbeschreiblich, geheimnisvoll und wohl leider auch nicht zu reproduzieren, diese Mischung – aus was denn eigentlich? – Kaffee, Kakao, Waschpulver, Seife, Schokolade?

Meine Schwester arbeitet in einer Bäckerei. Sie sagt, wenn sie eine Viertelstunde im Geschäft ist, riecht sie den Kuchen um sie herum nicht mehr. Ich habe den Duft des Intershops immer in der Nase gehabt, selbst nach acht Stunden noch. Kurz vor Ladenschluss, wenn die Beine schwer waren, nahm ich den Geruch mit allen Sinnen auf, um ihn bis zum nächsten Morgen zu bewahren. Wenn ich nach Hause kam, sagte mein Mann, ich würde duften wie ein Westpaket. Sogar jetzt, wo mir die glitzernden Auslagen des Ladens wieder vor Augen stehen, kann ich sie riechen und schmecken.

Ich galt als privilegiert, mein Großvater kannte den Kreissekretär, so lief das eben. Meine Freundinnen beneideten mich um diese Arbeitsstelle, jede von ihnen hätte viel dafür gegeben, mit mir tauschen zu können. Ich war stolz, das gebe ich gern zu. Doch die Arbeit gefiel mir auch. Ich hatte jeden Tag mit glücklichen Menschen zu tun. So schien es mir.

Ich beobachtete die Kunden, die ehrfürchtig die Waren bestaunten und lange beratschlagten, was denn nun gekauft werden sollte. Kinder waren aufgeregt wie sonst nur zu Weihnachten, Mütter umklammerten ihre Handtaschen, in denen die so begehrten Scheine steckten. Väter besichtigten fachmännisch die kleine Auswahl an Radios und Kassettenrekordern. Und die Großeltern standen schmunzelnd im Hintergrund, während die Enkeltochter mit hochrotem Gesicht eine Levi's anprobierte.

Oft malte ich mir aus, wie die Familie an das Geld gekommen war. Hatten die Großeltern es eingeschmuggelt oder hatte es die Tante aus dem Westen mitgebracht? Hatten sie es eingetauscht für einen zigfachen Betrag an DDR-Mark? Der Devisenschwarzmarkt inserierte in den Zeitungen „Verkaufe blaue Fliesen". Vielleicht war der Vater auch ein geschickter Handwerker, der sich seine Schwarzarbeit mit blauen Fliesen bezahlen ließ.

Die Ladenfläche unseres Intershops war nicht besonders groß, und wenn ich bedenke, dass sie Lebensmittelmarkt, Drogerie, Technikabteilung, Schallplattenecke und Boutique in einem war, frage ich mich heute, wie wir das alles untergebracht hatten. Es gab eine begrenzte Auswahl an Kleidung, der Renner waren die Jeans, Levi's und Wrangler für Damen und Herren in verschiedenen Größen. Fast jede Familie kaufte Kaffee und Schokolade, für die Männer auch mal eine Flasche vom guten Nordhäuser, der im Konsum nur als Bückware zu haben war.

Westbürger, die etwas für ihre Verwandten kaufen wollten, waren eher die Ausnahme. Die meisten unserer Kunden waren Einheimische, seit der Besitz von Westgeld offiziell erlaubt war. Es gab Familien, die kamen regelmäßig, andere sehr selten. Letztere drehten dann wirklich jeden Pfennig zweimal um und nicht selten gab es Tränen, weil das Geld nicht mehr für das *matchbox*-Auto oder für eine Packung Kaugummi-Zigaretten reichte.

Ich erinnere mich an eine Familie, deren Tochter nach langem Hin und Her endlich den Füller haben durfte, für den mit dem einmaligen Reservetank geworben wurde. Ich sehe noch das strahlende Lächeln des Mädchens vor mir, als ich ihr die Packung reichte. Wenige Wochen später kam die Familie erneut zum Einkaufen und diesmal gab es Tränen, weil der Vater nicht gestattete, dass weitere Patronen für den Füller gekauft wurden.

„Für so was wird das gute Geld nicht ausgegeben!", bestimmte er. „Patronen kannst du im Konsum kaufen."

„Aber die passen doch nicht!", jammerte das Mädchen.

Ich kannte das Problem, ich kannte auch eine Lösung. „Kauf dir ein Gläschen Tinte im Schreibwarenladen", sagte ich zu dem Kind, „und fülle sie in die leeren Patronen um."

„Wie soll ich die denn da rein kriegen?", fragte die Kleine schniefend.

„Du nimmst die Pipette aus einem leeren Nasentropfenfläschchen. Damit klappt das ganz gut, meine Tochter zu Hause macht das auch so."

„Was für eine umständliche Prozedur", meckerte der Vater. „Das gibt doch Flecke überall!"

Seine Tochter gehörte zu der cleveren Sorte. Sie putzte sich die Nase und sagte nebenbei: „Papa, dafür gibt es doch Tintenkiller."

Der Tintenkiller, ein Produkt, das die sozialistische Konsumgüterproduktion damals noch nicht im Angebot hatte, wurde von beinahe jeder Familie gekauft, die Schulkinder dabei hatte. Er kostete nur eine D-Mark und dieser Preis gehörte in die Kategorie, wo niemand lange zögerte. Das Ding war nützlich und zauberte ein Lächeln in die Kindergesichter, also her damit.

So entschied auch besagter Papa. Er warf einen mürrischen Blick auf die Auslage – die Stifte lagen gleich neben der Kasse – und nickte. Eigentlich hätte ich ihn jetzt darüber belehren müssen, dass sich sozialistische Tinte nicht von kapitalistischer Chemie beseitigen ließ, aber ich sah in den Augen der Tochter ein stummes Flehen und schwieg.

Es war eine gute Arbeit im Intershop, sie erfüllte mich mit Stolz und Freude. Doch dann kam dieser Tag, den ich nie vergessen werde: Bei der Inventur wurde ein Fehlbetrag von fünf D-Mark festgestellt. Das war noch nie vorgekommen und wir rechneten stundenlang nach. Doch die Differenz ließ sich nicht wegrechnen. Ein Revisor kam und prüfte alle Listen, unser Chef führte Einzelgespräche mit uns, wir waren damals drei Kolleginnen. Zuletzt sprach er mit mir. Er meinte, dass die Differenz wohl in meiner Schicht zustande gekommen wäre. Dabei war das bei einer Inventur gar nicht nachzuprüfen. Er sagte auch, dass er mir noch eine Chance geben wolle und ich in Zukunft im Konsum arbeiten würde.

„In deinem Dorf", sagte er und legte mir seine feuchtwarme Hand auf die Schulter, „stell dir vor, wie praktisch das ist. Du gehst zu Fuß in den Laden, du kannst die Mittagspause zu Hause verbringen. Keine langen Busfahrten mehr." Sein Gesicht leuchtete, als schicke er mich auf eine Schwarzmeer-Kreuzfahrt. Ich fragte mich die ganze Zeit, warum er es nicht wie eine Strafe aussehen lassen wollte, obwohl es doch eine war.

In einem hat er Recht behalten: Es ist praktisch, im eigenen Dorf zu arbeiten. Ich gehe zu Fuß, ich spare das Geld für den Bus. Der Verdienst ist etwa gleich. Dass die Frau vom Parteisekretär nach ihrer Babypause meine Stelle im Intershop bekam, mag Zufall sein. Ich glaube nicht an Zufälle.

Ich arbeite jetzt also in einem Konsum. Es ist ein kleiner Laden, anfangs war der Raum in der Mitte von einem großen Tresen geteilt, auf dem eine Waage und eine Registrierkasse standen und daneben lag ein Rechenblock. Inzwischen ist er zu einem Selbstbedienungsladen umgebaut worden. Ich muss den Kunden nicht mehr die gesamte Ware heranschleppen, es verkürzt die Schlangen vor dem Tresen. Den Tresen gibt es noch, er ist nur etwas kleiner geworden. Alles, was zum Leben gebraucht wird, liegt ordentlich in Regalen: Weißkohl, Rotkohl und Kohlrabi, Tüten mit Mehl, Zucker, Salz, Nudeln und Tempolinsen. Das Angebot an Milchprodukten besteht aus Milch, Buttermilch, Jogurt zum Trinken (rosafarben, mit Himbeergeschmack), alles in Glasflaschen. Kondensmilch gibt es in schlankeren Flaschen oder in kleinen Blechdosen, süße Sahne dagegen nur selten und auf Bestellung.

Wer Sahne für Obstkuchen braucht, der kann sich auch anders helfen: Man löst am Tag zuvor ein Stück Butter in warmer Milch auf, ganz vorsichtig, das Ganze darf nicht kochen. Diese hochfettige Milch wird über Nacht kühl gestellt, am nächsten Tag kann man sie aufschlagen.

Es gibt auch Käse in meinem Konsum: Harzkäse, Camembert, mehrere Sorten Schmelzkäse, mit Salami, mit Pilzen oder ohne alles und Schnittkäse: Ein großer Brocken in Zellophan, den ich auf das Hebelmesser wuchte und dann frage: Wie viele Scheiben möchten Sie?

Brot und Brötchen liegen nach wie vor hinter dem Tresen, damit nicht jeder dran herumfummelt. Obst lagert gleich vorn, neben der Tür. Dort ist immer frische Luft und ich muss die Kisten nicht so weit schleppen. Obwohl hier im Dorf jeder einen Obstgarten hinter dem Haus hat, werden doch Äpfel gekauft. Das Kilo kostet bei mir weniger, als die OGS den Leuten zahlt, die ihr Obst in die Annahmestelle bringen. Schneller kann man nicht zu Geld kommen.

Das funktioniert bei Äpfeln, Birnen, Zwetschgen und Kirschen. Und bei Kaninchen. Wer Kaninchen zur Annahmestelle bringt und dann eins bei mir im Konsum kauft, hat Geld übrig und keine Arbeit mit Schlachten, Abziehen und Ausnehmen.

Die Milch macht manchmal Probleme. Da ist als erstes dieser dünne Deckel aus Alufolie. Im Nu hat man ein Loch hineingedrückt und die Milch läuft aus. Oder der Fettpfropfen im Flaschenhals, der bildet sich nach ein oder zwei Tagen, danach wird sie im Nu sauer. Im Sommer muss die Milch am besten gleich am ersten Tag verkauft werden. Im Hochsommer kommt sie manchmal schon verdorben im Konsum an. Ich schicke dann die ganze Lieferung zurück. Für Mütter mit Kleinkindern gibt es immer noch Kondensmilch. Die ist allerdings teurer.

Im Winter bei Minusgraden kommt es vor, dass die Lieferung auf dem LKW gefroren ist. Die Aludeckel sind hochgedrückt, die Flaschen sind geplatzt und wenn sie ins Warme kommen, gibt es eine riesige Schweinerei. Ich muss dann sehr schnell sein und die Kästen mit der Sackkarre raus auf den Hof fahren, wo sie wieder einfrieren, bis sie abgeholt werden und wenigstens nicht auslaufen. Wenn das passiert, kleckert mir die Milch über Treppen und Hinterhof, und ich hab sämtliche Katzen aus der Nachbarschaft am Hals, was natürlich schon aus Hygienegründen nicht sein darf. Es geht dann bei mir zu wie im Zoo. Die Katzen streichen mir um die Beine, meist taucht dieser gelbe Köter auf, Gefauche und Gekläff, alles Dinge, die ich nicht gebrauchen kann.

Eingekauft wird jeden Tag von neun bis siebzehn Uhr, samstags nur bis zehn. Immer frische Milch, Brot und Brötchen. Wobei beim Konsumbrot das Wort *frisch* nicht angebracht ist, das muss ich ehrlich zugeben. Der Weg von der Konsumbäckerei in der Kreisstadt bis auf die Dörfer hinaus ist einfach zu lang. Außerdem wird das Brot maschinell hergestellt, das merkt man ihm an. Wer ein Auto hat, fährt in den Nachbarort, dort gibt es noch einen richtigen Bäcker.

Da die meisten Kunden alles zu Fuß oder per Fahrrad nach Hause tragen, sind Dederonbeutel unumgänglich, häufig selbstgenäht. Wer allerdings im Sommer nach Ungarn in den Urlaub fährt, kauft sich dort einen schicken Weidenkorb, mit dem sich Milch- und Bierflaschen besser transportieren lassen.

„Im Konsum gibt's Bananen!", verbreitet sich schnell im Dorf, als ob der Duft der Südfrüchte wie eine Wolke die Straße hinaufzieht und die Leute aus den Häusern lockt. Im Nu steht eine kleine Schlange vor meiner Ladentheke. Noch bevor ich die erste Banane verkaufe, habe ich die Früchte aufgeteilt. Je nach Lieferumfang bekommen Kinder eine oder zwei Bananen, Erwachsene eine oder gar keine. Wer also erst gegen Ladenschluss vom Schichtbus kommt, erhält seine Familienration trotzdem.

Wenn ich morgens den Laden aufschließe, freue ich mich auf die Kunden, auf den neuesten Klatsch und Tratsch. Aber wenn ich durch die Tür trete und rieche den Kohl, die sauren Gurken im Fass und die gärenden Reste in den Bierkästen, dann fehlt er mir, der rätselhafte Duft des Intershops.

Friedhofsgeschichten

Evas Freundin Karola hat einen Totenkopf. Einen echten. Er liegt in ihrem Zimmer auf dem Nachttisch und wenn sie zusammenhocken und Musik hören, dann zieht sie die Vorhänge zu und stellt ein Teelicht hinein. Das ist mindestens genauso gruselig wie Pias Geschichte vom Haus des alten Richters. Karola hat ihn vom Totengräber bekommen, der die Grube aushebt, wenn jemand beerdigt werden muss. Sie sagt, manchmal waren da schon vorher Leute begraben, die der Mann dann herausholen muss.

Zuhause fragt Eva die Großmutter, die in der Küche steht und Teig anrührt: „Wenn man ein Grab aushebt, muss man dann erst Knochen herausholen?"

Großmutter schüttelt den Kopf und meint, das sei Quatsch, wenn ein Friedhof voll sei, würde ein neuer aufgemacht. Sie wischt sich das Mehl von den Fingern und überlegt. „Das Dorf hatte viele Friedhöfe. Der erste hinter der katholischen Kirche ist längst ein Obstgarten. Sie mussten ihn schließen, weil das Gift der Leichen den Brunnen vor der Kirche verseucht hatte."

64

Eva schüttelt sich und Großmutter lacht. „Das ist lange her, Kind. Der Friedhof wurde einfach weiter oben an den Berg verlegt. Dort ist er noch heute. Der katholische Friedhof, du weißt doch?"

Eva nickt. Der, woher der Totenkopf stammt. Aber das darf sie nicht verraten, das hat sie Karola versprochen, weil Karola wiederum dem Totengräber schwören musste, dass sie niemandem erzählt, woher sie den Schädel hat. Sonst könnte jemand auf die Idee kommen, das sei der Kopf von seiner Urgroßmutter.

Großmutter schlägt ein Ei in die Schüssel und erzählt weiter: „Neben dem katholischen Friedhof war früher der evangelische, inzwischen auch ein Obstgarten. Du kommst mit dem Fahrrad vorbei, wenn du zur Christenlehre fährst. Als unsere Kirche gebaut wurde, wurde der neue evangelische Friedhof direkt dahinter angelegt. Da sind meine Eltern beerdigt und meine Großeltern."

„Warum werden immer Obstgärten aus Friedhöfen gemacht?" Eva beäugt misstrauisch die Äpfel im Korb, die auf den Kuchen sollen.

Großmutter hebt die Schultern. „Bevor die Bäume tragen, liegen doch nur noch die blanken Knochen unter den Wurzeln."

„Unser Garten hinter dem Haus – dort war nie ein Friedhof, oder?"

„Wer weiß? Vielleicht in der Steinzeit?", schmunzelt Großmutter.

„Was geschieht, wenn unser Friedhof voll ist?", fragt Eva.

„Frag deinen Großvater! Der Gemeinderat hat wohl beschlossen, dass ein neuer angelegt werden soll. Hinter dem evangelischen Pfarrhaus."

„Aber das ist weit weg!"

„Ja, ich hoffe, du wirst mich später trotzdem dort besuchen."

Eva schweigt einen Moment. Wenn Großmutter so etwas sagt, wäre es ihr am liebsten, sie könnte so tun, als hätte sie nicht verstanden.

Großmutter nimmt den Teigklumpen aus der Schüssel und fängt an zu kneten. Dabei erklärt sie: „Der neue Friedhof soll sehr groß werden. Er wird für lange Zeit ausreichen." Sie schnauft beim Kneten des Teiges und stützt sich mit beiden Händen auf den zähen Klumpen. Eva weiß, wie schwer das ist, als sie es einmal probiert hat, hatte sie am Tag darauf Muskelkater in den Armen.

„Und der katholische? Ist der auch voll?"

„Das weiß ich nicht, Kind. Dort bin ich noch nie gewesen."

Auch Eva ist noch nie auf dem katholischen Friedhof gewesen, obwohl sie dort jeden Dienstag vorbeikommt, wenn sie mit dem Fahrrad zur Christenlehre fährt. Nicht einmal die Kirche dazu hat sie von innen gesehen.

„Warst du schon einmal in der katholischen Kirche?", fragt sie.

„Nein. Warum sollte ich? Da gehören wir nicht hin." Großmutter faltet den Teig mehrmals und schlägt mit der Faust darauf.

Karola geht jeden Sonntag in die katholische Kirche. Vielleicht könnte Eva einmal mit ihr mitgehen? Gleich morgen wird sie die Freundin fragen.

Großmutter hält inne und sieht sie argwöhnisch an. Wie so oft liest sie Evas Gedanken. „Komm bloß nicht auf die Idee, hörst du? Wir gehen in unsere Kirche, das ist wohl klar?"

Eva fühlt ihre Wangen heiß werden. Sie langt in die Teigschüssel und reißt sich ein kleines Stück ab, ganz schnell, bevor Großmutter ihr mit gespielter Empörung auf die Finger klopft. „Du sollst keinen rohen Teig essen, Kind, davon bekommst du Bauchschmerzen." Sie hält inne und wischt sich mit dem Handrücken die Stirn.

„Oma, Ralf sagt, Kirche sei Unsinn und dass es keinen Gott gibt. Wo werden die begraben, die gar nicht zur Kirche gehen?"

„Ralf? Du meinst den Enkel vom Bürgermeister?" Großmutter versetzt dem Teig einen letzten Schlag, dann bestäubt sie ihn mit Mehl und deckt ein Geschirrtuch darüber. „Tja, weißt du, der Walter, also der Bürgermeister, hatte mal ein Problem mit der Kirche." Sie setzt sich und stippt nachdenklich ein paar Krümel vom Tisch. „Als er jung war, hatte er ein Mädchen sehr gern. Er war katholisch und sie war evangelisch. Seine Eltern verboten ihm, das Mädchen zu sehen. Er widersetzte sich und es gab einen Riesenkrach zwischen den Familien. Walter wurde zur Armee geschickt und als er wiederkam, war das Mädchen verheiratet und hatte ein Kind. Deswegen will er von Kirche nichts mehr hören. Und so hat er seine Kinder auch erzogen."

67

Eva setzt sich neben die Großmutter. Obwohl sie den Bürgermeister mit seinem strengen Gesicht nicht leiden kann, tut er ihr leid. „Aber Oma, wo wird er begraben, wenn er die Kirche nicht mag?"

„Nun, er wird wohl verbrannt und in alle Winde zerstreut."

Eva blickt erschrocken auf, doch dann sieht sie den Schalk in Omas Augen.

„Hat jemand den Hund gesehen?", fragt Großvater, der den Kopf gerade zur Tür hereinsteckt. Und ohne eine Antwort abzuwarten, tritt er an den Herd. „Was riecht hier so gut?"

68

Glaubensstunde

Im Schulbus will Eva ihrer Freundin Karola die Geschichte vom Leichengift im Brunnen erzählen. Doch die winkt ab: „Die hat uns Pfarrer Dankwart in der Glaubensstunde erzählt."

Eva wird neugierig. „Was macht ihr in der Glaubensstunde?"

Karola zuckt mit den Schultern. „Wir hören Musik. ABBA und Boney M. und so. Nebenbei erzählt der Pfarrer Geschichten."

„Ihr hört Musik?" Eva denkt an ihre Nachmittage bei Pastor Klaube in der Christenlehre, wo Psalmen auswendig gelernt und die Sonntage des Kirchenjahres aufgesagt werden.

Karola reckt stolz die Nase in die Luft. „Der Pfarrer bringt die Platten aus dem Westen mit. Wir hören sie und dann dürfen wir sie uns aufnehmen."

Am Donnerstag nimmt Karola Eva mit in die Glaubensstunde. Eva hatte gedacht, sie würde dabei die katholische Kirche von innen sehen, doch Karola geht schnurstracks auf das Pfarrhaus zu, das versteckt wie ein Dornröschenschloss hinter der Kirche steht. Im Erdgeschoss treffen sich die Kinder in einem Raum. An der Wand steht ein Sofa, es gibt Sessel und kleine Tische. Der alte Nadelbaum vor dem Fenster lässt nur wenig Sonne herein, eine Kerze brennt unter dem Kruzifix an der Wand und verbreitet schummriges Licht. Es riecht muffig wie in Großvaters Holzschuppen.

Der Pfarrer begrüßt alle mit Handschlag, auch Eva, und beginnt mit einem Gebet. Eva faltet die Hände und lauscht, das Vaterunser unterscheidet sich kaum von dem in ihrer Kirche. Verstohlen betrachtet sie den Priester. Er trägt eine kleine schwarze Kappe über dem grauen Haar, sie schätzt ihn etwa so alt wie Pastor Klaube. Die Jungen aus ihrer Klasse nennen ihn heimlich „Tankwart" und finden das furchtbar witzig. Nach dem Gebet stellt er Fragen zur letzten Messe. Eva begreift, dass er den Gottesdienst am Sonntag meint.

Und dann öffnet er den wuchtigen Holzschrank neben dem Sofa. Die Tür quietscht und Eva sieht viele bunte Plattencover aufgereiht. Eins davon zieht er heraus. „Ihr wolltet doch diese hier, oder?"

Die Kinder jubeln und Eva erkennt einen Gitarrenhals, eine schwarze Lederjacke und ein blasses Gesicht unter wildem Haar. Dicke weiße Buchstaben formen sich zu einem Namen, den sie nur zu gut kennt: Suzi Quatro.

Neben dem Schrank stehen ein Plattenspieler, ein Mikrofon und ein Kassettenrekorder der Marke Sonett. So einen wünscht Eva sich zur Jugendweihe.

70

„Wer hat eine Kassette dabei?", fragt Pfarrer Dankwart. Einige melden sich und er wählt ein Tonband
aus. Er schiebt es in den Rekorder und legt den Zei-
gefinger an die Lippen. Es wird mucksmäuschen-
still, während die Nadel sich auf das schwarze Vinyl
senkt und die Kassette schnurrend mitläuft.

Nach der Stunde platzt Eva fast, so viele Fragen hat
sie. Welche Platten stehen noch in diesem Schrank
und wo hat Pfarrer Dankwart sie her?

Auf dem Heimweg erklärt Karola: „Er fährt regelmäßig in den Westen, als Pfarrer darf er das. Wir
können uns jedes Mal eine Platte wünschen. Er
schmuggelt sie unter der Soutane herüber. Und wir
dürfen sie uns dann überspielen."

„Das fetzt!", bringt Eva hervor.

Karola nickt, als wäre das selbstverständlich. „Alle
schmuggeln für unsere Gemeinde", sagt sie, „auch
die Nonnen. Arznei, die es hier nicht gibt; für meine
Oma haben sie ein Hörgerät mitgebracht. So eins,
das du hinter dem Ohr nicht siehst." Dann sieht sie
Eva an: „Kann ich jetzt auch mal mit in eure Christenlehre?"

Einkaufen

Eva fährt nicht gern einkaufen. Wenn sie zum Fleischer muss, dann schreibt die Großmutter einen
Einkaufszettel und die Mutter auch. Sie kriegt auch
zwei Portmonees mit. Die Mutter schärft ihr ein:
„Sag dem Fleischer, dass die Koteletts nicht so fett
sein sollen."
Dann fährt Eva mit dem Fahrrad den Berg hinunter, auf dem Rücken den Rucksack mit Zetteln und
Geld. Zum Fleischer geht es nach der Hälfte der
Strecke wieder bergauf. Die Großmutter sagt, es ist
kein Fahrraddorf. Man muss immer bergauf, wenn
man vorher bergab fahren konnte, oder umgekehrt.
Deshalb ist Eva die einzige in der Familie, die ein
Fahrrad hat. Und deshalb wünscht sie sich zur Jugendweihe ein Moped. Eine *Schwalbe*, am liebsten
eine weiße. Aber bis dahin dauert es noch.
Beim Fleischer ist es voll. Wie jeden Freitag. Alle
wollen was Gutes fürs Wochenende. Eva lehnt das
Fahrrad an den Zaun und stellt sich unter der bim-
melnden Ladenglocke in die hinterste Reihe. Dort

lehnt sie sich an die kühlen weißen Fliesen. Einmal wurde ihr nach langem Stehen schwarz vor Augen und sie fiel mitten zwischen die Leute, wobei sie noch den Meisterbrief des Fleischers von der Wand riss, was der ihr sicher bis heute nicht verziehen hat.

Karolas Mutter verlässt den Laden mit einer vollen Beuteltasche und nickt ihr zu. Die nächste Kundin rückt nach. Es ist die Oma vom dicken Hartmut aus der Achten.

„Trudchen, was soll's denn sein?", fragt der Fleischer. Er ist ein großer, bulliger Mann mit wenig Haaren auf dem Kopf. Seine Stimme klingt, als würde er am liebsten Feierabend machen.

„Zwei Koteletts bitte, aber nicht so fett!"

Der Fleischer schnauft und stützt sich schwer am Tresen ab. „Nicht so fett? Soll ich das Fett selber essen, Trudchen?"

Die alte Frau mustert ihn kurz und schüttelt den Kopf. „Lieber nicht, du pfeifst so schon wie eine Dampflok."

Eva denkt, dass sie auf keinen Fall sagen wird, was die Mutter ihr eingeschärft hat. Niemals. Lieber schneidet sie zu Hause heimlich die Fettstreifen ab und gibt sie dem Hund.

Der Fleischer greift nach einem langen Messer und säbelt zwei daumendicke Scheiben vom Kotelettstrang. „Noch was, Trudchen?"

„Hast du Schinken?"

Das Gesicht des Fleischers läuft rot an. Seine Augen treten hervor und drohen, ins Gehackte zu fallen. „Wenn ich Schinken hätte, Trudchen, würde der hier liegen, etwa neben dem Leberkäse. Dann könntest du ihn sehen und ich würde ihn dir verkaufen, wie Buntwurst oder Zunge. Tut mir leid. Kein Schinken. Und nein, auch keine Lende. Aber hier: zartes Kassler, wenn du das leicht anbrätst und dann aufschneidest, gibt das einen wunderbaren Ersatz, herzhaft wie Schinken und zart wie Butter."

Trudchen hebt die Stimme. „Aber nächste Woche, du weißt doch. Hartmut hat Jugendweihe. Einen Schinken und einen großen Schweinebraten, drei bis vier Pfund, hebst du mir auf, nicht wahr?"

Der Fleischer kraust die Stirn. „Nächste Woche? Ja, ja, die Zeit vergeht. Will mal sehen, was sich machen lässt. Ich schreib's auf."

„Ich verlass' mich drauf. Bis nächste Woche, Wilhelm."

„Ja, Trudchen, sei vorsichtig an der Tür, sie klemmt."

„Ne, die klemmt nicht, da sitzt der Köter davor."

Eva zuckt zusammen. Das kann nur Jello sein. Tatsächlich sieht sie seine helle Schnauze im Türrahmen. Sie macht sich klein, jeder hier weiß, wem der Hund gehört.

Der Fleischer winkt ab. „Ach, der! Der kriegt immer ein paar Reste von mir. Komm her, mein Guter!" Der Fleischer greift unter den Tresen und wirft ein Paar Würstchen vor die Ladentür. Jello schlingt sie herunter und wedelt auffordernd mit dem Schwanz.

„Kein Wunder, dass der immer von zuhause abhaut", sagt Trudchen über die Schulter.

Der Fleischer lacht. „Was soll's, die Würstchen sind von vorgestern. So, jetzt mach Platz, alter Streuner.

74

Lass den Herrn Bürgermeister vorbei."

Der Bürgermeister betritt den Laden. Er grüßt laut und schließt die Tür. Der Fleischer schaut über die anderen Kunden hinweg.

„Guten Tag, Walter, was darf's denn sein? Wieder von der groben Leberwurst?"

Der Bürgermeister tritt nach vorn an den Tresen. Die Leute machen Platz. „Ja, und zwei Schnitzel, bitte."

Der Fleischer schmunzelt. „Das ist recht. Ein ordentliches Schnitzel bringt einen Mann durch den Tag. Ich schneide ein bisschen dicker, du musst es nur gut klopfen, dann wird es schön zart."

„Aber nicht so viel Fett!", sagt der Bürgermeister. „Selbstverständlich", sagt der Fleischer.

Der Bürgermeister zahlt und geht mit zufriedenem Gesicht.

Als Eva eine Stunde später endlich aus dem Laden tritt, ist der Hund längst verschwunden. Nur eine feuchte Stelle an der Hausecke erinnert an ihn. Sie schnallt sich den Rucksack auf den Rücken und denkt an die steile Gasse, die sie gleich hinauf muss. Mal sehen, wie weit sie diesmal kommt. Mit viel Schwung und ohne störende Autos schafft sie es meistens bis zu zwei Drittel hinauf. Die letzten Meter steht sie in den Pedalen, doch spätestens in Höhe der alten Tischlerei geht nichts mehr, ab dort muss sie schieben.

Samstags früh hängt Eva den Einkaufsbeutel mit leeren Milchflaschen an die Türklinke des Konsums, wenn sie zum Schulbus geht. Auf dem Heimweg nimmt sie die inzwischen gefüllte Tasche wieder mit, der Konsum hat dann längst geschlossen. So gibt es am Wochenende frische Milch, ohne dass die Mutter extra los muss.

Einmal hat Eva beim Schwatzen mit Karola ihren Auftrag vergessen und die leeren Milchflaschen mit in die Schule genommen. Dort schleppte sie den Beutel mit seinem klirrenden Inhalt vom Geografie- in den Physikraum und weiter über den Pausenhof. Die Mädchen grinsten und die Jungen stießen sich in die Rippen. Beinahe noch schlimmer war die Aussicht auf ein Wochenende ohne Milch und auf Mutters bekümmertes Gesicht.

Am späten Nachmittag holt Eva Getränke. Diesmal ist der Weg mit dem Fahrrad nicht so weit. Im Rucksack klimpern leere Bier- und Brauseflaschen. Familie Gründel am Dorfrand verkauft Bier, Brause, Selter, Vita-Cola und Zigaretten. Eva muss oben an der Haustür klingeln, Herr Gründel öffnet.

„Na, Eva, Bier holen?", nuschelt er und greift nach dem Kellerschlüssel. Sie gehen ums Haus. Hinten auf dem Hof hockt Moritz Gründel und bastelt an seinem Moped. Er ist zwei Klassen über ihr, hat Haare bis auf die Schultern und er ist der Grund, warum Eva nicht gern Bierholen fährt. Sie wird rot, blickt starr auf das Betonpflaster und hofft, dass sein Vater nicht zu lange braucht mit dem Riegel an der Kellertür. Der modrige Geruch von gärendem Bier und Schimmel schlägt ihnen entgegen. Vater Gründel nimmt ihren Rucksack und greift nach den Flaschen. „Wie immer?", fragt er.

Sie nickt. Sechs Bier, zwei Brause, zwei Vita. Sie gibt dem Mann einen Zehn-Mark-Schein und stopft sich das Wechselgeld in die Hosentasche.

Eilig rennt sie über den Hof – dass Moritz nicht mal von seinem S50-Vergaser aufblickt, bemerkt sie nicht. Auf der Rückfahrt geht es leicht bergab, das ist gut, denn die Flaschen drücken ganz schön auf dem Rücken. Und der Fahrtwind kühlt ihre roten Wangen.

Die Postfrau

Pakete sind eine Wissenschaft für sich. Briefe und Postkarten sind schon eine anspruchsvolle Geschichte, aber Pakete sind die hohe Schule eines jeden Postboten. Das geht los beim Einsortieren. Du hast zwei Möglichkeiten: Entweder packst du sie in der Reihenfolge in den Bollerwagen, wie du sie auch wieder ausladen musst, also Trudchen Meyer ihres ganz oben, denn Trudchen wohnt gleich neben der Post und dem Bauer Wagner seins zuunterst, denn dem Wagner sein Hof liegt am Dorfrand. Klingt logisch, oder? Doch die Pakete sind ganz verschieden: Es gibt kleine und handliche oder auch große und sperrige, dazwischen die mittleren, die durchschnittlich großen. Es gibt würfelförmige und quaderförmige, ja selbst Rollen hatte ich schon auf dem Wagen, scheinbar verschicken manche Leute auch Tapeten oder Teppiche oder Ofenrohre. Und so kommen wir zu Möglichkeit zwei: Die großen Pakete nach unten und die kleinen obendrauf. Wenn aber der dicke Wagner am oberen Straßenende nur ein kleines Päckchen hat und Trudchen ein sehr großes, dann gibt es ein Problem. Und wenn die Westverwandten ihre Kleiderschränke ausräumen oder ihr schlechtes Gewissen zuschlägt oder einfach nur Weihnachten ist, dann kommt einiges an Paketen zusammen. Und keins ist wie das andere! Noch nie hatte ich zwei exakt gleiche Pakete, das könnte ich auf die Bibel schwören.

Hinzu kommt, dass unser Dorf ein Bergdorf ist. Ja – in einem Dorf im flachen Land kannst du einen Bollerwagen irgendwie mit Paketen beladen. Aber wenn du damit einen steilen Berg hinauf musst ... „Beinahe 100 Prozent Steigung“, sagt unser ABV Baumbach, wenn ich vor seiner Haustür verschnaufe. Nicht dass für ihn was dabei wäre, nein. Aber er wirft ganz gern mal einen Blick auf die Empfänger. Er nickt dann immer so, als hätte er's bereits vorher gewusst, dass Metzners heute wieder dran sind.

„Ganz schön großes Geschoss“, sagt er.

„Plaumanns ihres ist noch größer und so schwer, wahrscheinlich haben sie nur lauter Ananasbüchsen drin.“

„Warum sollten die Ananas schicken, gibt's doch hier im Delikat!“

Ich beiße mir auf die Zungenspitze. Wie sagt Werner immer? „Inge, du musst wissen, wann du den Mund zu halten hast.“ Ich zockele weiter. Im Sommer wird's hart den Berg hinauf. Dummerweise wohnen die mit den größten Paketen meistens weit oben. Vielleicht kommt mir das auch nur so vor.

Es gibt die ordentlichen Pakete in braunem Packpapier und Schnüren mit dreifachen Knoten. Die

Adresse ist gut lesbar geschrieben, in Druckschrift steht oben: „Geschenksendung – keine Handelsware", gleich neben den Stempeln. Und es gibt die halbherzig verpackten: gebrauchtes Papier, zerfaserte Schnüre, einfach gewickelt, flüchtige Handschrift.

Und dann sind da noch die misshandelten Pakete. Die musst du vorsichtig anfassen, wie einen Verletzten, sozusagen. Das Papier ist zerrissen, der Karton darunter beschädigt, ein billiger Hanffaden und ein roter Zollstempel oben links in der Ecke. Da guckst du in ärgerliche und enttäuschte Gesichter, wenn du sie übergibst und musst auch noch Trost zusprechen. Zu guter Letzt gibt es noch die Pakete, die gar nicht ankommen. Ein nicht unerheblicher Teil meiner Schreibarbeit dreht sich um diese angeblichen Sendungen, die die Tante im Westen abgeschickt hat und die sich unterwegs in Luft auflösen. Du schreibst Protokolle über verschollene Kleidung, verloren gegangenen Kaffee, vergeblich erwartete Geschenke. Manchmal denke ich, da drüben gibt es eine Fabrik, die imaginäre Geschenkpakete herstellt und in den Osten schickt. Wo sie dann tatsächlich nicht ankommen und Schreibarbeit verursachen.

Wenigstens sind die Leute im Dorf nicht nachtragend. Ich kann schließlich nichts dafür, leide sogar mit ihnen mit, wenn Tante Gertis Weihnachtsgeschenk im Februar noch immer nicht da ist. Obwohl so ein imaginäres Paket sich leichter den Berg hinauf schafft als ein wirkliches. Doch ich will nicht undankbar sein, ein Päckchen Kaffee oder ein feines Stück Lux fällt schon mal für mich ab, wenn ich das verloren geglaubte Stück mit ein paar Wochen Verspätung dann doch noch den Berg hinauf karre. Ab und zu hatte ich allerdings Pech, da schmeckte der Kaffee nach Lux und die Seife roch nach Kaffee.

Im Winter, wenn Schnee liegt, nehme ich den Schlitten. Da passt mehr drauf, besonders in der Vorweihnachtszeit ist das wichtig. Werner hat mir ein Gestell gebaut, so dass ich ziemlich hoch stapeln kann. Wenn es schneit, spanne ich eine Plastikplane über die Kartons. Die hat er mir aus dem Kaliwerk mitgebracht, eine aufgeschnittene Sprengstofftüte, aber ohne Rückstände. Mitte November geht das schon los, dass es einige Kartons mehr sind. Die Verwandten, die sich immer kümmern, schicken jetzt Backzutaten wie Kakao, Rosinen und Zitronat. Anfang Dezember kommen die schweren Kisten mit den Apfelsinen drin. Die duften durchs Packpapier hindurch und sind von den Verwandten, die sich nur in der Weihnachtszeit kümmern. Ich nenne sie die Einmalschicker. Apfelsinen sind groß und schwer, vielleicht noch eine Prinzenrolle und eine aus der Mode gekommene Kamelhaarjacke dazu, dann ist das Paket schnell voll.

Kurz vor Weihnachten treffen dann noch mal die Pakete mit den Geschenken von den Kümmerverwandten ein, meist sind es mehrere pro Familie an einem Tag. Hier hat die Tante sorgfältig eingekauft, für jeden etwas Schönes und Nützliches, für alle noch Süßigkeiten und Früchte dazu. Das passt natürlich nicht in einen einzigen Karton. Also fährt sie zwei oder drei Pakete mit ihrem Mercedes zur

Bundespost, gibt sie dort auf und wartet mit frohem Herzen auf die Dankesbriefe ihrer Lieben.

Hier habe ich auch eine große moralische Verantwortung. Mir ist noch nie eine Sendung verloren gegangen, das kann ich auf die Bibel schwören. Ein Auge habe ich immer auf dem Schlitten, selbst wenn ich bei Datzels um die Ecke muss, weil sie die Haustür mit dem Postkasten hinter dem Haus haben.

Da ist zum Beispiel dieser hässliche gelbe Streuner, der grundsätzlich versucht, an meinem Gefährt sein struppiges Bein zu heben. Einmal habe ich ihm mit meiner Posttasche eins übergezogen. Seitdem hängt sein Ohr ein wenig schief übers Auge. Aber das hat er sich gemerkt.

Und die Kinder, die vom Schulbus kommen. Die sehe ich auch nicht gern an meinen Paketen, doch bei denen muss ich vorsichtiger vorgehen. Sie wollen unbedingt die Adressen lesen, können die Zeit nicht abwarten.

Wenn ich unten in der Straße bin, ist der Schlitten noch recht voll und die Aufkleber der unteren Pakete sind verdeckt. Dann fangen sie an zu betteln: Tante Inge, ist für uns etwas dabei? Lass uns gucken!

Wenn ich nicht gleich antworte, weil ich gerade in den Briefen wühle, nerven sie weiter: Wir helfen dir schieben!

Und schon hängen zwei oder drei von den Rotznasen vor und hinter meinem Schlitten und nur ein kurzer Brüller verhindert, dass sie mit ihm auf und davon sind. Um sie loszuwerden, lüfte ich die oberen Pakete, damit sie die Adressen erkennen können. Sofort rennen einige los, um die freudige Nachricht zu Hause zu verkünden. Es gibt auch ein paar Kinder, die schon weiter gegangen sind, weil sie genau wissen, dass für sie nichts dabei ist. Die tun mir dann ein bisschen leid.

Meine Mutter steckt den Kopf zur Tür herein. „Was machst du?", fragt sie und wie immer wartet sie die Antwort nicht ab. „Nimm uns zwei Weingläser aus dem Schrank, du weißt doch, die aus der Tschechei! Und denk an den Hund!"
Sie schließt die Tür, bevor der Küchendunst in die gute Stube wabern kann.
Ich seufze, immer wieder der Hund. Ich öffne Schranktüren. Wo stehen diese Gläser? Oben rechts? Nein. Im Fach über dem Fernseher reihen sich Aktenordner aneinander. Rente, Steuer, Urlaub … Bevor ich die Schranktür wieder schließe, entdecke ich in der hintersten Ecke etwas, das nicht zu der strengen Ordnung der Hefter passen will: hellbraunes Fell. Meinte sie vielleicht diesen Hund? Ich muss lachen, vergessen sind die Gläser. Vorsichtig ziehe ich ihn heraus, den Weihnachtshund. Er trägt ein rotes Halsband. Seine Leine ist ein dünnes Kabel und endet in einem Batteriekasten mit Schalter. Ich bewege den Schalter nach rechts, es passiert nichts. Der Kasten ist federleicht, natürlich sind längst keine Batterien mehr drin.

Westpakete

Als Eva nach Hause kommt, riecht sie es gleich: Es ist ein Paket angekommen. Bereits im Flur duftet es nach Apfelsinen und Weichspüler. Achtlos fällt der Ranzen auf die Fliesen. Sie stürmt in Großmutters Küche.

Evas Schwester, die schon eine Stunde früher Schluss hatte, probiert gerade ein gelbes Kleid an. Auf dem Tisch steht ein großer Pappkarton, weit geöffnet und anscheinend schon halb ausgeräumt. Großvater wickelt die Paketschnur auf und zwinkert ihr zu, Großmutter studiert die Liste mit der Inhaltsangabe, falls der Zoll etwas rausgenommen hat.

Sie sieht über ihre Brille hinweg: „Hast du Hunger? Es ist noch Reisbrei da."

„Nachher vielleicht." Reisbrei ist Evas Lieblingsessen, doch heute kann er warten.

Eva hängt ihre Nase über den braunen Karton. Mmh, wie das duftet! Zwischen sorgsam zusammengefalteten Kleidungsstücken liegen einzelne Apfelsinen in weißem Seidenpapier, ein Päckchen Kaffee, Kakao zum Backen und eine Tüte Rosinen.

84

„Jetzt kann ich Wecken backen", murmelt Großmutter hinter ihr.

„Alles da?", fragt Eva.

„Sieht so aus. Hier steht was von Elektrospielzeug."
Eva zerrt die Kleider heraus. „Mach langsam", mahnt
Großmutter und greift nach dem Kaffee. Ganz unten
im Karton kommt eine bunte Kiste zum Vorschein.
Ein Plüschhund schaut mit großen schwarzen Glas-
augen durch die Folie der Verpackung.

„Ist der süß!", sagt Evas Schwester und streckt for-
dernd die Hand aus. Eva mustert das gelbe Kleid
und schüttelt den Kopf.

„Vielleicht sollten wir warten, bis Mama und Papa
zu Hause sind", sagt Großmutter.

Doch Eva hört nicht auf sie. Vorsichtig öffnet sie die
Verpackung und zieht das Tier heraus. Es trägt ein
rotes Halsband, an dem ein Kabel wie eine Leine be-
festigt ist. Das Kabel endet in einem Behälter mit einem Schiebeschalter. Eva schiebt den kleinen Knopf
nach vorn. Erschrocken treten alle einen Schritt
rückwärts, als der kleine Kerl zu bellen anfängt und
dabei den Kopf nach rechts und links dreht.

Eva schiebt den Knopf schnell wieder zurück. Ihre
Schwester lacht. „Noch mal, bitte!"

Diesmal schiebt Eva den Knopf in die andere Richtung. Der Hund wackelt mit dem Schwanz und läuft
vorwärts. Großmutter fängt ihn auf, bevor er über
die Tischkante kippt.

„Lass mich auch mal!", sagt die Schwester. Sie steht
direkt vor Eva und ist gar nicht mehr klein. Sonst
würde ihr das gelbe Kleid nicht so gut passen.

Eva gibt ihr den Hund und schaut nach den anderen Sachen. Eine helle Hose, eine dicker grüner Angora-Pulli, Hemden für die Männer.

„Was schreibt die Tante?", fragt sie.

Großmutter seufzt und reicht ihr den Brief. „Lies selbst!"

Neben den allgemeinen Berichten, dass es allen gut geht und wo sie wohl Weihnachten feiern werden, an Orten, die Eva ohnehin nicht kennt, kommen gegen Ende des Briefes Kommentare zum Paketinhalt. Rosinen für den Wecken ... reichen hoffentlich ... Hemden sind Hans zu klein ... Hose ist Pia zu kurz, müsste der Kleinen passen, das gelbe Kleid dachte ich für die Kleine und der Angorapulli dürfte der Kleinen passen.

Eva lässt das Papier sinken. Seit einiger Zeit steht immer dasselbe in den Briefen: „ ... müsste der Kleinen passen."

Was denkt denn die Tante, welche Größe Eva inzwischen erreicht hat? Oder hat sie sich nicht anständig bedankt, irgendwann einmal? Sie antwortet doch immer sofort, meist noch am selben Tag.

„Schreib einen Brief an die Tante", sagt die Mutter. „Du hast die schönste Handschrift von uns allen."

An diesem Abend schreibt Eva: „Es ist alles gut angekommen, vielen Dank. Der Hund ist wirklich niedlich. Die Hose passt der Kleinen und das gelbe Kleid steht ihr gut. Auch über den Pullover hat die Kleine sich gefreut ..."

Der Weihnachtshund gelangt nicht etwa ins Kinderzimmer, er bekommt einen Ehrenplatz in der

86

Wohnzimmerschrankwand. Zu Weihnachten nimmt der Vater ihn heraus, stellt ihn auf den Tisch, lässt ihn bellen, laufen und mit dem Schwanz wackeln. Als sich alle amüsiert haben, verschwindet das Tier wieder im Schrank.

Da die Tante in einer Arztpraxis tätig ist, finden sie oft auch Werbegeschenke in den Paketen. Sie füllen die Lücken zwischen den Apfelsinen. So weiß bald die ganze Familie, dass *Nasivin* gut bei Schnupfen ist, weil das auf einem Seifenbehälter steht, in dem die Tante noch ein Stück Lux versteckt hat. Eva darf den roten Plastikschirm mit der Aufschrift *Rheunervol M* behalten und ihre Schwester einen aufblasbaren Wasserball von *Bayer*. An der Kartonwand eines Päckchens klemmt noch etwas, flach, oval und grauporig wie eine Scheibe Brot. Mit grüner Schrift steht *Otalgan Ohrentropfen* darauf. Großmutter dreht und wendet das Objekt, Großvater holt extra seine Brille, doch beide zucken mit den Achseln. Keiner weiß, was das für ein Ding ist.

Es bekommt einen Ehrenplatz in der Küchenschublade. Dort liegt es, bis es irgendwann zum Inhalt der Schublade gehört wie das Obstmesser und der Korkenzieher.

Ich streiche dem Plüschhund über den Kopf und lächle. Es muss ein oder zwei Jahre später gewesen sein, als wir zufällig herausfanden, um was es sich bei der Scheibe handelte: Das Ding fiel ins Spülwasser und wir trauten unseren Augen nicht, im warmen Wasser entwickelte es ein Eigenleben, es plusterte sich auf, wurde dicker und dicker. Es war ein Schwamm.

Doch nicht nur uns passierten solche Dinge. Als ich Jahre später mit einer Kollegin die erste Tupperparty besuchte, schlug diese beim Anblick des bunten Kunststoffgeschirrs die Hand vor den Mund. „Du liebe Güte", rief sie. „Davon habe ich den ganzen Keller voll. Ich habe mich immer gewundert, was meine Schwester da für Plastezeug schickt."

Auch das Kleiderproblem löste sich später harmlos auf: Meine Schwester und ich fuhren im Wendejahr das erste Mal ins Ruhrgebiet und besuchten die Tante. Staunend betraten wir eine großzügige Altbauwohnung voller Teppiche und zartbeinigen Biedermeiermöbeln. Die alte Dame umarmte meine Schwester: „Willkommen, Kleines!", dann mich: „Ach Kleines, wie schön, dass ihr endlich da seid!"

Als ich die Tante darauf hinwies, dass ich doch die Große sei, winkte sie ab: „Namen konnte ich mir nie gut merken, für mich seid ihr beide ‚Kleines'."

Zweiter Teil

Hinter der Grenze

20. Mai 1989

Im April 1989 stirbt Onkel Hans in Bottrop. Mir liegt viel daran, an seiner Beerdigung teilzunehmen. Inzwischen bin ich Lehrerin an einer Polytechnischen Oberschule und bevor ich die Behördengänge in Angriff nehme, muss ich zunächst den Direktor um seine Zustimmung bitten. In dem Bewusstsein, mit meinem Anliegen nicht zum Musterbild einer sozialistischen Lehrerpersönlichkeit zu werden, sitze ich dem Mann gegenüber, der als besonders linientreu gilt.

Meine Stimme bockt ein wenig, als ich meinen Wunsch erkläre: „Mein Onkel im Ruhrgebiet ist verstorben. Ich würde gern zu seiner Beisetzung reisen. Dazu brauche ich Ihr Einverständnis."

Er fixiert mich über funkelnde Brillengläser hinweg. „Ru-uhr-ge-biet?" Die Silben ruckeln über seine Zunge wie Tropfen über die heiße Herdplatte. „Während der Schulzeit? Ausgeschlossen. Ja, wenn Ferien wären ..."

Er vertieft sich in seinen Ordner, die Audienz ist beendet.

Im Mai gibt es eine Woche Ferien. Neue Hoffnung, neue Aufregung, erneut ein Termin beim Direktor.

„Was wollen Sie denn jetzt noch im Ruhrgebiet? Ihr Onkel ist doch längst unter der Erde." Der Ordner schnappt auf.

„Ich möchte sein Grab besuchen und Sie sagten doch, in den Ferien ..."

Sein Blick rollt über das Brillengestell. „Na, wenn Sie meinen, dass Sie sich das-da-drüben unbedingt antun müssen." *Das-da-drüben* spuckt er aus, als wäre ihm eine Fussel auf die Zunge geraten. Mit seiner schriftlichen Gutheißung in der Tasche fahre ich zur Volkspolizei in die Kreisstadt. Nach mehreren Stunden Wartezeit darf ich meine Anträge und Bittschriften abgeben.

„Kommen Sie nächste Woche wieder!"

Ungewisses Warten, zuhause und wieder im Gebäude der Volkspolizei. Endlich schnarrt mein Name über den langen Korridor. Ein graues Gesicht über einer grauen Uniform.

„Es tut uns leid, Ihre Papiere sind auf dem Weg von Berlin hierher verloren gegangen."

Ich verstehe nicht. Mein Mann hat mich begleitet, er begreift sofort. Er zieht ein kleines rotes Büchlein aus seiner Jackentasche und hält es vor das graue Gesicht. „Hier ist mein Parteibuch. Wenn die Papiere meiner Frau bis morgen nicht aufgetaucht sind, können Sie es behalten."

Es folgt eine bange Nacht. Am nächsten Tag können wir meinen Reisepass und sein Parteibuch abholen. Am 20. Mai 1989, meinem 27. Geburtstag, klettere ich in jenen geheimnisvollen Interzonenzug, aus dem sonst meine Großeltern gestiegen waren.

Wieder einmal Eisenach: aufgeregte Stimmen und das Schaben der Koffer in den Gepäckablagen übertönen die sonoren Worte der Bahnhofssprecherin. Der Zug rollt an. Die Gespräche verstummen. Als der Zug in den letzten Bahnhof auf ostdeutscher Seite einfährt, herrscht Grabesstille im Waggon. Ich recke neugierig den Hals. Gerstungen – der Ort, von dem die Großmutter mit diesem Zittern in der Stimme erzählt hatte. Zunächst ein ganz normales Dorf. Doch dann Uniformen, gelb-schwarze Schäferhunde, eine hohe, weiß getünchte Mauer direkt neben den Gleisen. Auf der anderen Seite dasselbe Bild, weiße Mauern, als hätte der Zug plötzlich Milchglasscheiben.

Die Abteiltür fliegt auf. „Guten Morgen, Passkontrolle der Deutschen Demokratischen Republik!"

Zwei Uniformierte treten zwischen die Sitzbänke, die Reisenden scheinen kleiner zu werden, während sie hektisch in ihren Taschen wühlen. Schweißfeuchte Papiere, leicht verformt von der Körperwärme. Seit Eisenach hundertmal gelesen und von einer Hand in die andere gelegt. Stimmt auch alles? Das Geburtsdatum, der Stempel – ist er deutlich genug? Sehe ich meinem Passbild wirklich ähnlich?

Platz für Platz kommen sie näher. Sie wirken nicht unfreundlich, sie scherzen sogar mit den Fahrgästen. Der Grauhaarige wünscht eine gute Reise, während der Jüngere seinen Stempel in die Ausweise knallt. „Der Nächste bitte!"

Ich recke meine Papiere in Richtung Koppel, hangele meinen Blick an den Uniformknöpfen nach oben und lächele dem Gesicht darüber zu. „Guten Morgen!"

„Bürgerin H., aha – noch eine Lehrerin! Der ganze Zug ist heute voller Lehrer, sind wohl Ferien, was?" Der ältere Genosse lacht meckernd über seinen Scherz und reicht die Papiere weiter. Er wendet sich ab, zögert plötzlich. Die Stirn kraust sich unter dem blank polierten Schild der Uniformmütze. „Gib noch mal her, Genosse Meyer!" Er reißt dem Kollegen den Reisepass unter dem bereits erhobenen Stempel weg.

Na bitte. Er hat etwas gefunden. Eine Unstimmigkeit, ein Formfehler? Aus der Traum.

„20. Mai!", schmettert es mir entgegen.

Ja und? Heute *ist* der 20. Mai, das weiß ich genau. Das kann kein Fehler sein.

Er drückt den Rücken durch, seine Hand ruckt an die Mütze. „Bürgerin, im Namen unserer Deutschen Demokratischen Republik gratuliere ich Ihnen! Sie haben heute Geburtstag!"

Der Direktor

„Früher war alles einfacher, Inge. *Alles*.“

„Jetzt jammer doch nicht rum.“

Sie beugt sich über mich. Zwischen ihren schaukelnden Brüsten sehe ich ihren Bauch, den sie mit angestrengter Miene einzieht. Die Brüste kann sie nicht einziehen. Die Zeit klopft uns weich. Macht Zitterpudding aus unserem Gewebe.

Ich spüre ihre langen Fingernägel auf meiner Haut.

„Ich hätte noch zehn Minuten“, sagt sie.

Ich schüttele den Kopf. Auch das wäre mir früher nicht passiert. „Hab noch pädagogischen Rat. Muss mich vorbereiten.“

Es klingt wie eine Ausrede. Es ist auch eine.

„Schon in Ordnung“, sie richtet sich auf. „Ich muss weiter, sechs Pakete noch.“

„Früher hatten wir unsere Weltanschauung und fertig“, sage ich. „Heute machen die Sowjets Perestroika und die Chinesen erschießen ihre eigenen Leute. Was soll ich denn den Kindern montags beim Appell erzählen?“

Sie nickt. „Mit meinen Paketen hab ich es einfacher. Die fragen nicht."

Ich richte mich auf. „Und die Kollegen wollen in den Westen reisen. Die Neue ist in den Ferien tatsächlich rüber gefahren!"

Sie greift nach ihrer Strumpfhose. „Du hättest es verbieten können!"

Genau das ist der Punkt. Früher hätte gar keiner zu fragen gewagt. Aber heute weiß man nicht mehr, was richtig und falsch ist.

„Immerhin ist sie wieder gekommen", sagt Inge.

„Na hör mal, sie hat Mann und Kinder."

Inge schlüpft in ihren Rock. „Hat sie was erzählt?", fragt sie.

„Worüber?"

„Na, von drüben. Wie es da war und so."

Ich schüttele den Kopf und ziehe die Decke über meinen Bauch.

„Sie hat nur gesagt, das müsse man selbst erlebt haben."

Inge knöpft ihre Bluse zu und murmelt: „Als ob das so einfach wäre."

Ich überhöre diesen kindischen Einwurf und sage: „Letzte Woche gehe ich durchs Schulhaus, da kommt aus ihrem Klassenzimmer leise Musik. Ich horche natürlich."

„Du bist der Direktor."

„Ja, ja. Da spielt sie dieses Lied vom Ende der Welt von dieser Freudental oder wie die hieß, weißt du, die ist auch weg nach der Biermann-Sache damals."

96

Inge zuckt mit den Schultern. „Da kenn ich mich nicht aus."

Ich werde ungeduldig. „Du weißt doch: Wie weit ist es bis ans Ende dieser Welt, bla, bla, bla. Ich bin einfach weiter gegangen, anstatt sie zur Rede zu stellen. Ich erkenne mich selbst nicht mehr." Meine Stimme klingt weinerlich. Ich könnte mich hassen dafür.

Sie gibt mir einen Kuss auf die Stirn. „Mach dir keine Sorgen, so schnell geht die Welt nicht zu Ende. Bis morgen dann."

Ich starre zur Decke, wo die Raufasertapete ein paar Blasen wirft.

Inge schimpft unten vor der Haustür. „Du alter Mistköter, pfui! Verpiss dich!" Dann rumpelt der Bollerwagen über das Kopfsteinpflaster.

Der Wirt

Am Freitagabend im *Stepel* sitzen die üblichen Stammgäste am Tisch. Der LPG-Vorsitzende Wagner, der ABV Baumbach, der kurzatmige Werner, dessen Frau die Pakete austrägt und Siggi Maier, der früher Wehrleiter war und mehr trinkt, als ihm gut tut. Die Striche auf den Bierdeckeln versprechen ordentlichen Umsatz und die Stimmen werden lauter.

„Habt ihr gehört, in Neudorf ist der Klempner abgehauen, über Ungarn."

Baumbach schaut auf und seine Miene verdüstert sich.

„Und dem Ole seine Tochter, die ist in der Prager Botschaft, mit ihren Kindern! Ole hat den Wartburg geholt, bevor sie ihn beschlagnahmen."

„Was will die mit den Gören da drüben? Die wird sich umgucken", sagt Baumbach.

„Wieso, die kriegen doch alles, wenn sie erst drüben sind", meint der dicke Wagner.

Der Wirt bringt eine neue Runde Bier. „Die geht aufs Haus", sagt er und lässt sich auf den einzigen freien Stuhl fallen. Die Männer nicken.

„So kann das doch nicht weiter gehen", ruft Baumbach plötzlich, „alle laufen davon!"

„Und der Letzte macht das Licht aus", sagt Werner.

„Das wirst wohl du sein, Baumbach!", sagt Siggi trocken.

Der ABV wirft ihm einen bösen Blick zu. „Wir sollen ein Auge auf die Leute haben, die in Urlaub nach Ungarn fahren", sagt er.

„Da brauchst du aber viele Augen", erwidert Siggi und wedelt mit dem leeren Schnapsglas.

„Mach mal 'ne Runde Nordhäuser!", sagt Werner.

Der Wirt steht auf und holt die Flasche. „Unser ABV braucht Trost! Prost!"

„Was heißt'n das, ein Auge drauf haben?", fragt er den ABV.

„Nachgucken, was die alles mitnehmen und ob sie vorher die Möbel verschenken oder so."

„Ach so. Dann kannste nachher gleich mitkommen, meine Sessel zählen. Ich fahre morgen nach Ungarn", sagt der Wirt.

Die Männer grinsen erwartungsvoll.

Der ABV schaut ihn entrüstet an. „Wenn du mich verscheißern willst, musst du schon ein bisschen früher aufstehen. Ich hab kein Urlaubsschild gesehen beim Reinkommen."

Der Wirt nimmt die leeren Gläser vom Tisch. „Ist ja auch kein Urlaub."

Die anderen grölen. Der war gut.

„Abhauen ist kein Urlaub, da hat er Recht", sagt Siggi und grinst.

Der Wirt zapft vier Bier. Dabei schwingt er die Gläser unter dem Hahn auf und ab, damit die Blume richtig erblüht.

„Schluss jetzt", sagt der ABV. „Ich hab Feierabend. Ich will davon nichts mehr hören."

Nach zwölf stolpern sie auf die Dorfstraße hinaus. Der Wirt poliert die Gläser und räumt sie in den Schrank. Dann schließt er die Kneipe ab und steigt in den Trabi. Im Nachbardorf hält er vor dem Haus seines Bruders. Er klingelt nicht, um die Kinder nicht zu wecken. Sein Bruder winkt ihm aus der Haustür heraus zu und verschwindet in der Garage. Der Wirt fährt weiter. Auch im nächsten Ort steht schon jemand hinter der Gardine. Ein kurzes Winken, dann zurück nach Hause. Bald parken hinter der Kneipe der Lada seines Bruders, zwei Trabis und ein Wartburg. Sie fahren mehrmals durch die Nacht, kurz vor Morgengrauen sind sie verschwunden.

Der ABV staunt nicht schlecht, als er am Samstagabend ein Schild im Kneipenfenster liest: Geschlossen. Die Gartentür steht offen, er läuft über den frisch gemähten Rasen, wo er über ein Kinderfahrrad stolpert. Na also, denkt er, vielleicht ... Dann legt er die Hände an die Fensterscheibe neben der Haustür und schaut hinein, schnappt nach Luft. Er läuft ums Haus, am Wohnzimmerfenster versperren ihm üppige Geranien die Sicht. Er zerrt den Blumenkasten beiseite.

Verfluchter Dreck! Das Haus ist ausgeräumt wie ein Westpaket. Keine Möbel, keine Teppiche. Heizungsrohre ragen aus der Wand, rostiges Wasser bildet kleine Pfützen auf dem Fußboden. Er rennt zum Kellereingang. Auf der obersten Stufe liegt ein struppiges Etwas. Erst als er fast darauf tritt, bewegt sich das gelbe Knäuel, kläfft los und beißt sich an seinem Hosenbein fest.

„Das darf doch wohl nicht wahr sein!", brüllt der ABV. Er schlenkert sein Bein, verliert das Gleichgewicht und fuchtelt durch die Luft. Ein Geranienkasten kracht zu Boden. Dunkler Kompost verteilt sich auf dem Pflaster. Der Hund schießt jaulend davon, quer über die Dorfstraße. Der dicke Wagner bringt seinen ZT 300 gerade noch zum Stehen. Als er Baumbach sieht, öffnet er das Seitenfenster des Traktors. „Was'n los?", schreit er durch den Motorenlärm.

„Der Wirt ist weg", ruft der ABV.

„Hat er doch gesagt, gestern Abend." Der Bauer lacht und gibt Gas.

„Halt die Fresse!", knurrt der ABV und versetzt dem Kinderfahrrad einen Tritt. Dann klopft er sich die Geranienerde vom Hosenbein. An der Wade klafft ein Riss im Stoff. Er holt seine Aktentasche vom Gepäckträger und versiegelt die Haustür.

Siggi

„Alles Gute zum Geburtstag, Siggi! Gesundheit und Wohlergehen!"

„Danke. Und Prost!"

„Feinen Weißen haben wir da, man gönnt sich ja sonst nichts, was?"

„Nordhäuser Doppelkorn, heutzutage für ein paar D-Mark zu haben. Früher 17 DDR-Mark und noch dazu Bückware."

„Weißt du noch, wie wir mit der Feuerwehr die Katze von der Konsum-Trude retten mussten?"

„Die saß im Birnbaum, der gelbe Streuner hatte sie hochgejagt. Wir hatten keine Leiter, die bis da hoch reichte, war ein mächtiger Baum, Williams Christ oder so."

„Aber wir hatten ein Sprungtuch und den C-Schlauch. Gut, dass Trude das nicht gesehen hat, weil sie gerade den Kasten Bier für uns ranholte. Hat sich nur gewundert, dass die Katze so nass war."

„Am Tag drauf hat sie noch die Flasche Nordhäuser gebracht, da hat sich unser Mitleid doch mal ausgezahlt."

„Das waren Zeiten damals! Heutzutage hab ich das Mitleid umsonst. Sagt der neue Wirt gestern Abend: ‚Komm Siggi, trink noch ein Helles, geht aufs Haus. Aber dann ist Schluss, damit das klar ist!' So sieht Mitleid aus. Der Blick vom Pfaffen, wenn ich an seinem Pfarrhaus vorbei stolpere, MITLEID!"

„Wenn ich morgens in den Spiegel gucke, habe ich auch Mitleid. Prost!"

Mein Geburtstag. Ich sitze hier und starre auf die klebrigen Ringmuster, die unzählige Flaschen und Gläser – ja, früher habe ich auch Gläser benutzt – auf meinem Küchentisch hinterlassen haben. Ist nicht mal Mittag und ich rede schon mit mir selbst, bin schließlich der Einzige, der sich mit mir unterhält. In der Flasche ist noch mehr drin als raus. Das bringt mich nun doch ein wenig in Feierstimmung. Prost, Siggi!

Wie alt bin ich eigentlich seit heute? Mal nachrechnen. Voriges Jahr ist Brunhilde ausgezogen. Davor das Jahr war der Kleine mit seiner Lehre fertig. Da war der auch weg. Hab jetzt viel Platz im Haus, der wird nach und nach von meinen neuen Freunden übernommen, sie stehen schon bis in den Flur hinaus. Bald kommt noch einer hinzu. Prost, Siggi!

Das mit der Feuerwehr, das ist jetzt aber schon länger her, oder? Da waren beide Jungs noch zuhause.

„Mach das nicht, Papa", hat der Große gesagt, „die Wehr ist doch dein Ein und Alles. Damit kannst du nicht einfach aufhören."

Die waren doch selber schuld! Es geht auch ohne Einundalles. Heißt doch *freiwillige* Feuerwehr. Hatte viel Freizeit seit dem. Keine Schulungen, keine Übungen, keine Probefahrten mit dem Robur, keine Kameradschaftsabende beim Bierchen. Und natürlich auch keine Einsätze. Soll'n die doch Katzen aus den Bäumen holen, so viele sie wollen. Und was mache ich mit der freien Zeit?

Überstunden? Für wen? Sind doch alle weg. Nee, das geht ohnehin nicht mehr. Gesundheitliche Gründe, steht auf diesem Papier. Liegt hier irgendwo rum. Gestern hab ich's noch gesehen, dort unter dem Stapel. Alles Werbung oder Rechnungen, müsste mal wer sortieren. Aber nich heute, nich an meinem Geburtstag.

Ach ja, hier ist es, genau. Bisschen zerknittert, so wie Siggi, wenn er frühs in den Spiegel guckt.

Hier steht's: Keine Verwendung mehr ... Gesundheitliche Gründe ... Der Polier hat's fein formuliert, ich kann's gar nicht so wiedergeben. Damit ich keine Nachteile habe, wenn ich mich woanders bewerbe, hat er gesagt. Und halt die Ohren steif. Da war es wieder: Mitleid. Als ob hier wirklich wer mitleidet. Prost, Siggi!

In der Flasche ist jetzt genauso viel drin wie raus. Mein persönlicher Mittag. Bald wird sie bei den anderen im Hausflur stehen. Wäre alles anders gekommen, wenn die damals nicht ...?

Immer zum Flaschenmittag kommen die bösen kleinen Geister, diese Fragen in meinem Kopf.

Wenn Vater nicht abgehauen wäre? Der letzte Abend mit ihm. Warum hat er nichts gesagt? Kein Wort? Nur, dass er verreist. Ich war erwachsen, verheiratet, der Große war schon auf der Welt. Warum hat er mir nicht vertraut?

Es gibt keine Antworten, ich kann diese lästigen Biester nur ersäufen. Sind verdammt gute Schwimmer, aber in der Flasche ist noch immer genug drin. Zwar weniger drin als raus, aber ... Prost, Siggi.

War er einsam da drüben? Hat er Sehnsucht gehabt? Und als er krank wurde?

Dann kam die Nachricht, ich kann mich nicht mehr genau erinnern, wie. Ein Telefon gab es nur bei den Leuten oben am Waldrand, weil der Mann ein hohes Tier war. Ich glaube, die Tochter von denen kam und sagte etwas von einer wichtigen Nachricht. Wir sollten zurückrufen übers Amt.

„Du musst rüberfahren", hat Brunhilde damals gesagt. „Er war dein Vater. Und bei so was darf man rüber."

Sie war es auch, die die Papiere besorgte, Antragsformulare, doppelt und dreifach auszufüllen, wer, wohin, Verwandtschaftsgrad, warum, warum nicht, was weiß ich.

Der Mann bei der Polizei nahm sie mir mit schmalen Lippen ab. An sein Gesicht erinnere ich komischerweise. Er sah irgendwie beleidigt aus. Die Woche drauf sollte ich wiederkommen.

Brunhilde beantragte erneut ein Gespräch übers Amt, um den Verwandten drüben zu sagen, dass sie mit der Beisetzung warten. Das Gespräch kam gegen Mitternacht, so lange saß ich bei den Leuten mit dem Telefon im Flur. Brunhilde hat später eine Flasche Rotkäppchen für 22 Mark hingebracht.

Dann bin ich wieder zu diesem Schmallippigen. Kopfschütteln. Immer wieder schüttelt der mit dem Kopf. Die schmalen Lippen tanzen vor meinen Augen. Was sagt er? Ich als Wehrleiter? Geheimnisträger? Geht nicht, darf nicht, kann nicht.

Wo war da das Mitleid, he?

Hihi, heute find ich's lustig. Der Siggi als Ge-, Gehei-, Gescheißträger! Könnte dem Feind verraten, wo unser Feuerwehrauto versteckt is. Oder wie der C-Schlauch gewickelt is ... hihi.

Hab ich dem Schm... Schmal ... also dem mit den Lippen da vor die Füße geschmissen, den ganzen Ff... Feuerscheiß. Zw... zwei Kisten voller Papier und Unterlagen und so'n Kram. Und den Schlüssel vom Gerätehaus. Hat nich schlecht geguckt!

Wie lange ist das jetzt ...? W... wie alt bin ich heute? Viel, viel weniger drin ...

Prost! Siggi?

Hinter der Grenze

Am Samstag fahre ich morgens zur Schule, doch es sind keine Schüler da. Der Direktor schickt uns Lehrer nach Hause. Noch nie habe ich sein Gesicht so ratlos gesehen.

Spontan steigen wir in den weißen Lada. Zum Glück ist er vollgetankt, an der Tankstelle steht eine lange Autoschlange bis auf die Fernverkehrsstraße hinaus. Diese neue Art von Schlange gibt es schon seit Tagen. Jeder tankt voll, bunkert Kanister im Kofferraum. Die Westtankstellen führen kein Benzingemisch.

In Richtung Duderstadt kommen wir nicht weit, gut dreißig Kilometer vor der Grenze beginnt der Stau. Wir verlassen die F80 und fahren über die kleinen Dörfer des nördlichen Eichsfeldes. Kurz vor Duderstadt reihen wir uns von einer Seitenstraße her wieder ein. Obwohl die Papp- und Blechlawine steht, ist sie von einer hellgrauen Abgaswolke umgeben. Noch nie ist mir aufgefallen, dass unsere Autos so qualmen.

Wir steigen aus und unterhalten uns mit den anderen Wartenden. Sie sind schon mindestens doppelt so lange unterwegs. Unser Umweg war also eine echte Abkürzung. Es dauert noch zwei Stunden, bis wir die offenen Schlagbäume in Teistungen erreichen. In Duderstadt säumen viele Leute die Straße, sind es hundert oder mehr? Sie rufen und winken und freuen sich. Wir begreifen nur langsam, dass die Leute wegen uns da sind. Schokoladentafeln werden ins Auto gereicht. Die Kinder sitzen starr staunend auf dem Rücksitz. Der Kleine beginnt zu weinen, als ihm eine Mandarine in den Schoß plumpst.

Über Duderstadts schmalen Straßen hängt Abgasgeruch. Seit wann stinken unsere Autos so?

Wir fahren hinaus aus der Stadt, immer geradeaus in den Westen. Glatte Straßen, schneeweiße Markierungen, grüne Straßengräben.

„Mama", sagt die Große, „die Bäume sehen hier aber genauso aus wie bei uns zuhause."

Auf einem Hinweisschild wird ein See angekündigt. Auf offener Strecke steht ein Mann an der Fahrbahn und winkt. Wir halten an. Er zeigt auf den Rastplatz hinter ihm. Heute geschieht die Welt einfach, ohne zu fragen. Zwischen den hohen Bäumen stehen bereits Trabis und Wartburgs. Drumherum jede Menge fröhliche Menschen. Meine Autotür wird aufgerissen, kaum dass der Lada hält. Eine Frau zieht mich aus dem Sitz, drückt mich an sich. „Schön, dass ihr endlich da seid!"

Woher wusste sie, dass wir heute hier vorbeikommen würden?

108

Sie drücken uns selbstgebackenen Kuchen in die Hand, in dünnwandigen Plastikbechern gibt es heißen Kaffee. Die Frau von eben streicht meinem Sohn über den Kopf, der mit großen Augen ein *matchbox*-Auto in den Händen dreht. Saß er nicht eben noch im Auto?

Später weiß ich nicht mehr, wie viele Menschen uns umarmten, auf die Schulter klopften, mit uns lachten. Als wir weiter fahren, hat das Land *Hinterdergrenze* nicht nur ein schönes Gesicht, sondern bekommt auch eine Seele.

Der Tankwart

„Was sagst du, Erwin kommt nicht? Das kannst du vergessen, Kleine. Guck dich hier mal um, hier ist der Teufel los. Seit heute früh um sieben springe ich im Quadrat. Sie tanken, als gäbe es morgen keinen Sprit mehr. Und wenn sie so weitermachen, wird es auch so kommen. Zahnschmerzen? Sag deinem Vater, er soll sich zwei Faustan reinwerfen und die Beine in die Hand nehmen. Ich weiß nicht mehr, wo mir der Kopf steht."

Da läuft sie, die Kleine. Wenn sie 'nen halben Meter größer wäre, hätte sie für Erwin einspringen können. Schneller wäre sie allemal. Die Schlange wird immer länger, das Ende kann ich schon lange nicht mehr sehen. Jeder hat noch drei bis vier Kanister im Kofferraum, das dauert beim Zapfen umso länger. Die meisten fahren von hier aus gleich weiter in Richtung Grenze. Sie sagen, der Rückstau von dort reicht schon bis kurz hinter den Nachbarort. Irgendwann in den nächsten Stunden werden sie vielleicht verschmelzen, die beiden Autoschlangen. Das wird dann erst interessant.

110

„Hallo Bruno. Einmal voll, oder? Was ich überhaupt frage. Willst du mit deiner Pappe wirklich bis rüber machen? Meinst du, das schafft sie noch? Ja, genau, wenn sie ausgeht, lass dich einfach mitschieben. Nach Duderstadt? Klar, wohin denn sonst. Da hast du Glück, wenn du Nachmittag da bist. Sie sagen, es dauert Stunden, bis man über die Grenze ist. Ne, ich war noch nicht. Du siehst doch, was hier los ist. Ich stehe von morgens bis abends und zapfe.

He, mit dem Kanister musst du aufpassen, da schwimmt dir der Rost in die Suppe. Ist nur ein guter Rat, nicht, dass es dann heißt, unser Sprit taugt nichts. Macht zweiundfuffzig-fuffzig. Danke und gute Fahrt!"

Wenn der Erwin nicht bald aufkreuzt ... „Einmal voll? Ja, ich sehe es, drei Kanister. Wie – eins zu fuffzig? Willste mit der Schwalbe rüber? Vielleicht kein schlechter Gedanke, da kannst du an der Schlange vorbeiziehen. Bloß bei dem Mistwetter ..."

Mann, hoffentlich reicht der Sprit unten in der Grube wenigstens bis heute Abend. Gestern habe ich noch 'ne Stunde länger gemacht, bis alle Autos weg waren. Bezahlt einem keiner.

„He, Bruno, sieh zu, dass du in Gang kommst! Springt nicht an, was? Los, kommt her und schiebt mal mit an. Sonst geht's hier gar nicht mehr vorwärts. Mach den Choke rein, der Motor ist doch längst abgesoffen!"

Zu Hause wollte ich gestern Abend nur noch auf die Couch. Gitti war schon weg, hat Spätschicht, aber sie hatte mir Kartoffelbrei und Würstchen hingestellt. Das lässt sie sich nicht nachsagen, gekocht hat sie immer was. Die Schichtbusse in Richtung Westen haben seit Tagen Verspätung, sie müssen an der Autoschlange vorbei. Sie spinnt, meine Gitti. Alter Witz, ich weiß. Sie arbeitet in der Baumwollspinnerei, bedient dort die großen Anlagen.

„Macht zweiundsechzig Mark. Passend, wenn's geht."

Das Wechselgeld wird langsam knapp. Wenn der Erwin mal käme ... Die Herrn vom VEB Minol werden sich wundern über den Umsatz, den wir hier seit zwei Tagen machen. Eins fuffzig der Liter, und der Sprit läuft und läuft. So viel wie sonst in vier Wochen. Ich wette, die schaffen das Nachliefern nicht. Dann muss ich spätestens morgen Mittag dicht machen. Da fahren sie dahin, unsere Trabis und Ladas, ab ins Paradies. Wird so toll nicht sein, wo es da nicht mal Gemisch gibt. Kein Öl im Benzin, wo soll das hinführen? Unsere Trabis führt es jedenfalls direkt auf den Autofriedhof. Disco-Dieter kam gestern mit einem Opel zurück, hellblauer Lack, Samtpolster. Ist drei Runden durchs Dorf gefahren, in der Mühlgasse beinahe an Erwins Fallrohr hängengeblieben. Er hat schön dumm geguckt, als ich ihn gefragt habe, ob sein Leporello in die Garage passt. „Wieso Leporello?", hat er gefragt. „Das ist ein Omega!"

„Schreib's auf und lies mal rückwärts", hab ich geantwortet. Ich glaube, darüber grübelt er heute noch. Fakt ist, das Ding geht nicht in seine Garage. Und wenn er es auf der Straße stehen lässt, passt das Müllauto nicht durch.

112

„Och, Erwin, Mensch, dass du noch kommst. Mach mal gleich hier weiter, ich muss dringend pinkeln. Und gegessen hab ich auch noch nichts. Einmal voll? Macht mein Kollege hier."

Der Pastor

Über seinen Schreibtisch hinweg blickt Pastor Klaube hinaus in den Kirchgarten, wo der Novemberwind die letzten Blätter vom Kirschbaum fegt. Er grübelt über seiner Sonntagspredigt. Der Predigttext dieses vorletzten Sonntages im Kirchenjahr handelt zwar vom Weltgericht, doch glaubt er, ein paar speziellere Worte an seine Schäfchen richten zu müssen.

Oh Herr, gib mir Weisheit und Nachsicht. Irgendetwas stimmt nicht mehr da draußen in der Welt. Ich beobachte das schon eine ganze Weile. Unsere Montagsgebete sollten uns Frieden bringen. Das scheint ja auch gelungen. Aber was da noch alles mitkommt …

Er blättert wahllos in der Bibel und landet bei Jesaja: *Aber die auf den HERRN harren, kriegen neue Kraft, dass sie auffahren mit Flügeln wie Adler, dass sie laufen und nicht matt werden, dass sie wandeln und nicht müde werden.*

Er nickt. Sie wandeln und haben Kraft und werden nicht müde, und wenn sie Flügel hätten, würden sie es den Adlern gleichtun. Seit Tagen fahren sie mit ihren Trabis hin und her, als fürchteten sie, der Motor könne kalt werden. Sie schleppen Kanister aus der Garage und stapeln sie im Kofferraum. Wenn sie gerade nicht fahren oder schleppen, stehen sie an den Gartenzäunen und reden mit den Nachbarn und fuchteln mit den Händen und schütteln ihre Köpfe. Am Abend verschwinden sie in den Häusern und setzen sich vor die Bildschirme, um sich die Nachrichtensendungen anzusehen.

Herr, du gabst ihnen, was ihr Herz begehrt und erfülltest alles, was sie vorhatten. Du hast den Gefangenen die Freiheit verkündet und den Gebundenen, dass sie frei und lebendig sein sollen. Doch was tun sie? Sie nutzen die Freiheit, um einzukaufen. Das Montagsgebet findet nicht mehr statt, weil die Märkte lange geöffnet sind und der Heimweg über die neuen Straßen so weit ist. Am Wochenende reisen sie, weil sie Zeit haben und noch nicht alle Cafés im Westen kennen.

Morgen wird er ihnen zurufen: *Sehet zu und hütet euch vor aller Habgier, denn niemand lebt davon, dass er viele Güter hat.* Er beugt sich über das leere Papier, das vor ihm liegt. Doch der Stift in seiner Hand verharrt.

Es ging ihnen doch gut. Sie hatten alles, was nötig war. Nicht immer Schinken, aber wer braucht denn jeden Tag Schinken? Der Fleischer sagt, Kassler tut es auch. Der hat gestern seinen Laden um zehn geschlossen. Pastor Klaube hatte gerade noch eine runde Leberwurst erstanden, dann wurde er quasi zur Tür hinausgeschoben.

„Kommt heute keiner mehr", sagte der Fleischer mit düsterem Gesicht. „Sie fahren alle nach Duderstadt. Dort gibt es Schinken, drei oder vier verschiedene Sorten."

Hege keinen Groll gegen sie, wollte der Pastor ihm sagen, aber da drehte sich bereits der Schlüssel hinter ihm im Schloss. Wenig später fuhr der Fleischer an ihm vorbei, Richtung Westen. Im Konsum kaufte der Pastor ein Brot zu der Leberwurst. Die Verkäuferin freute sich über Kundschaft.

„Es wundert mich, dass Sie noch hier sind", sagte der Pastor.

„Ich habe keinen Führerschein", antwortete sie. „Und mein Mann hat Schicht. Wir fahren nächsten Samstag, die Kinder haben samstags keine Schule mehr, wussten Sie das?"

„Nein, aber es wundert mich nicht. Alles scheint sich zu verändern."

„Bestimmt gibt es jetzt keine Jugendweihe mehr, Herr Pastor", sagte die Verkäuferin. „Dann können Sie die Kinder wieder ganz normal konfirmieren."

Darüber denkt er jetzt am Schreibtisch nach. Ein interessanter Aspekt. Konfirmiert hat er die Kinder nach wie vor, nur ein Jahr später als üblich. In einer Anweisung des Bischofs hatte es geheißen, es sei ein gewisser zeitlicher Abstand zur Jugendweihe einzuhalten. Er hatte damals den Kopf geschüttelt. Als ob die Zeit den Makel der staatlichen Weihe verblassen ließe. Aber die Leute hatten es widerspruchslos hingenommen. Und die Jugendlichen erkannten schnell ihre Vorteile: Geschenke in der achten Klasse und ein Jahr später noch einmal.

116

Doch er muss sich konzentrieren, noch kein einziges Wort steht für die Predigt. Soll er noch einmal die Bibel fragen? Gab es etwas Vergleichbares in den letzten fünftausend Jahren? Der Auszug der Israeliten aus Ägypten vielleicht. Doch das ginge zu weit. Oder nicht?

Er schiebt erneut den Finger zwischen die Bibelseiten und landet bei Matthäus: *Da spricht er denn: Ich will wieder umkehren in mein Haus, daraus ich gegangen bin. Und wenn er kommt, so findet er's leer.* Am Sonntag ist die Kirche so leer wie das Grab Christi nach der Auferstehung. Nach einer Viertelstunde Warten geht der Pastor heim durch ein stilles Dorf. Auf halbem Weg begegnet ihm der Streuner, er lahmt auf einem Hinterbein und sein Fell ist um die Schnauze herum bereits weiß. Der Hund begleitet ihn das letzte Stück, er ist ebenso einsam wie der Pastor. Nun habe ich zwar keine Schafe, aber wenigstens einen Hund, denkt Klaube. Er nimmt ihn mit in die Küche und gibt ihm ein Leberwurstbrot.

Der Drücker

Heute früh sprang die Karre wieder nicht an. Ich weiß nicht, wofür ich zweihundert Mark in der Werkstatt gelassen habe. Natürlich bin ich zu spät ins Lager gekommen, die besten Posten sind schon weg. Heiner hat nur noch Besteckkästen.

„Was soll ich denn mit den Dingern? Die kauft mir doch keiner ab! Hast du nicht noch Rheumadecken oder Turnschuhe?"

„Alles weg, Andy, musst eben eher in die Pötte kommen. Außerdem bringt ein guter Verkäufer alles an den Mann."

Ich stapele fluchend grüne Besteckkästen in den Kofferraum. Auf dem Packzettel erkenne ich ein VEB. „Mann, die sind ja sogar aus dem Osten! Was soll ich denn damit? Fahr ich jetzt Eulen nach Athen oder was?"

„War ein Superangebot, Andy, da konnte ich nicht nein sagen. Aus einer Betriebsauflösung. Du zahlst nur 20 Mark für eine Kiste. Alles was drüber ist, gehört dir. Na was sagst du?"

118

„Weißt du wenigstens, wo die anderen hin sind? Nur dass ich nicht auf abgegraste Wiesen stoße."

Er sieht die Straße hinunter. „Bruno ist wohl Richtung Eichsfeld, Marlis wollte in den Harz."

„Und der Rest?"

Er hebt die Schultern. Ich knalle die Hecktür zu.

„Du musst noch unterschreiben!"

Wider Erwarten springt die Karre beim ersten Versuch an. Beim rasanten Start klirrt Metall im Kofferraum. Ich werde auch in den Harz fahren. Entlang der ehemaligen Grenze sind genug Ossis unterwegs, um in den Supermärkten ihre Wochenendeinkäufe zu erledigen. Zuerst ein Zwischenstopp in Duderstadt. Auf dem Parkplatz vor'm EDEKA spähe ich nach den in Jeansfarben gekleideten Gestalten, die seit einiger Zeit die Zonenrandgebiete aus dem Tiefschlaf reißen. Ich zähle sieben Trabis, drei Wartburgs und einen weißen Lada. Nicht schlecht. Außerdem ist das blaue Auto von Marlis nirgends zu sehen. Zweiter Pluspunkt. Ich nehme zwei Kästen aus dem Kofferraum und lege sie auf den Rücksitz. Dann ziehe ich los. Eine junge Frau mit halb herausgewachsener Dauerwelle und einem Kind auf dem Arm fällt mir auf.

„Guten Tag, darf ich Sie etwas fragen?"

Sie sieht mich freundlich an. „Ja?"

„Ich habe ein kleines Problem. Ich komme von der Messe in Leipzig, muss heute noch nach Holland. Ich habe zwei hochwertige Besteckkästen im Wagen, die ich nicht mit über die Grenze nehmen darf, der Zoll, wissen Sie?"

Sie nickt. Das mit dem Zoll und der Grenze verstehen sie alle, da sind sie sozusagen Profis.

„Ich muss die Kästen unbedingt loswerden. Zum Messepreis, also spottbillig, könnte ich sie Ihnen lassen. 24 Teile, hochwertiger Chirurgenstahl, hundert Jahre Garantie. So was kriegen Sie nie wieder."

Das Kind reckt sich über ihre Schulter, sie verlagert das Gewicht, wirkt überrascht. Das ist gut. Jetzt nachhaken. „Die sind gut und gerne 300 Mark wert, im Laden. Nur wenn ich Zoll bezahlen muss, wird das für mich doppelt so teuer. Sie würden mir sehr helfen!"

„Papa!", ruft der Kleine auf ihrer Schulter. Ein Mittelschwergewicht in Bundfaltenjeans tritt auf uns zu und mustert mich argwöhnisch.

Klappe, die zweite.

„Was ist los, Janett?"

„Der Herr hat Besteckkästen im Auto, die er nicht mit über die Grenze kriegt. Er fragt, ob wir einen kaufen wollen."

„Ne. Wir haben genug Besteck."

Ich erkenne am Tonfall eines Kunden, wann ich aufhören muss. Ich schenke ihr noch einen bedauernden Blick, murmele ein Auf Wiedersehen und wende mich ab. Männer sind die natürlichen Feinde der Besteckkästen. Ja, wenn ich Turnschuhe angeboten hätte oder Uhren. Bei Uhren wäre Karottenhose garantiert schwach geworden. Ich versuche es noch bei einem älteren Ehepaar, die selbst genug Besteck, leider jedoch keine Erben haben. Ein Mann fragt mich, was er denn mit 24 Besteckteilen solle. Das

120

Alubesteck aus seiner NVA-Zeit genüge ihm völlig. Also nicht. Duderstadt hat heute eine schlechte Aura. Ich kaufe mir ein Fischbrötchen und steige wieder in den Wagen.

Im nächsten größeren Ort gibt es einen ALDI. Der Parkplatz ist klein und überschaubar. Eine Oma lotse ich bis an meine Autotür, immerhin schaut sie sich den Inhalt eines Kastens an. „Hamse denn auch welche mit Goldauflage?", fragt sie mich.

„Das tut mir leid. Gold ist gerade nicht in Mode."

„So was da hammer selber", grummelt sie, winkt ab und geht.

Ein junges Paar verlässt den Supermarkt und steuert den Einkaufswagen auf einen weißen Lada zu. Das sieht nach gutem Einkommen aus. Ich nähere mich vorsichtig und warte, bis sie den Kofferraum eingeräumt haben und er den Wagen wegbringt. Teile und herrsche. Ich erzähle meine Geschichte, fuchtele mit Händen und Füßen, deute auf mein Auto.

„Es sind nur zwei Kästen, doch ich kann sie doch nicht einfach in den Straßengraben werfen. Wäre schade drum."

Sie folgt mir unschlüssig, wirft schließlich einen Blick in den grünen Kasten. Sie lacht ungläubig.

„Aber das ist ja das gleiche Besteck, wie wir zu Hause haben!"

In Gedanken verfluche ich mein Auto, Heiner und die Besteckindustrie der ehemaligen DDR.

Der Mann hat uns gefunden. Sie erklärt ihm, worum es geht. Mitleid und Verständnis schwingen in ihrer Stimme. Ich kann es wirklich gebrauchen.

121

„Aber wir haben doch Besteck, sogar mit der gleichen Gravur", flüstert er.

„Scheinbar ist es auch in den Westen exportiert worden", sagt sie, nicht ohne Stolz in der Stimme. Tolles Argument, von ihr kann ich noch was lernen.

Sie grübelt. „Wenn wir es als Geschenk mitnehmen? Meine Schwester heiratet doch bald."

„Was soll es denn kosten?", fragt er laut.

Jetzt muss ich alles geben. Ist der Preis zu hoch, springen sie sofort ab. Ist er zu niedrig, springen nicht einmal der Sprit und das Fischbrötchen für mich heraus. Ich sprudele los: „Der Wert eines Kastens liegt bei dreihundert D-Mark. Allerdings könnte ich ihn für zweihundert Mark verkaufen, der Verlust für mich ist geringer als der Zoll, den ich bezahlen müsste."

„Die sind bei denen teurer als bei uns!", flüstert sie.

„Wenn's stimmt", murmelt er. Sie wirft ihm einen entrüsteten Blick zu, ich schließe mich an. Dann greift sie zum Portmonee und wühlt darin herum. Halleluja!

Sie schaut mich bedauernd an. „Nur noch hundert Mark! Wir waren gerade einkaufen."

Ich kämpfe mit meinem Mienenspiel. Sie deutet es wohl als Verzweiflung und sieht ihn fragend an. Doch er schüttelt nur den Kopf und wendet sich ab.

„Also gut, weil Sie so nett sind", sage ich und lächle gequält. Hastig stopfe ich die Scheine in die Hosentasche und überreiche den grünen Besteckkasten.

„Viel Glück mit dem anderen Kasten!", sagt sie. Ich nicke und fixiere zwei Frauen, die gerade aus einem

himmelblauen Trabi steigen. Zwischen ihren Füßen humpelt ein zotteliger gelber Hund. Irgendwas
stimmt nicht mit seinem Ohr.

Der Traktorist

„He, Chef, kann ich morgen frei kriegen?", ruft der Traktorist, kaum dass der Motor des blauen ZT 300 blubbernd verstummt ist. „Mandy will rüber nach Duderstadt, was einkaufen."

Der LPG-Vorsitzende Wagner greift nach dem KA-RO-Päckchen in seiner Jackentasche. Er schüttelt den Kopf. „Kommt nicht in Frage. Die Rüben müssen rein."

„Aber Chef, die Rüben kann ich am Sonntag noch reinholen. Ich mache zwei Schichten, ehrlich."

„Am Sonntag wird's regnen, da versackst du mit dem ZT auf'm Acker. Fahr deine Mandy Sonntag in den Westen."

„Chef, am Sonntag hat der ALDI zu."

Wagner wird allmählich wütend. Was denkt der Grünschnabel sich? Ein Bauer kann sich nicht aussuchen, wann er arbeitet.

„Hör zu, Junge. Die Rüben müssen am Samstag rein, da gibt es kein wenn und aber. Der Kalle ist weg, seit vier Wochen schon, der kommt nich wie-

124

der. Rudi hat's mit'm Rücken, den kann ich nicht aufn Trecker setzen. Wenn es nächstes Jahr Zucker geben soll im Konsum, dann müssen die verfluchten Rüben rein."

Der Traktorist grinst. „Chef, Zucker gibt es doch im ALDI."

Wagner dreht sich aus dem Wind und zündet sich seine KARO an. Tief inhaliert er den Rauch, der von keinem Filter ausgedünnt wird.

„Was glaubst du denn, wie lange das noch geht mit deinem ALDI? Irgendwann kommt der Russe und macht wieder dicht. Und dann sieht's mau aus mit Zucker, wenn die Rüben nicht drin sind."

„Der Russe?" Der Traktorist reißt die Augen auf. „Gorbi ist doch auf unserer Seite, der wird nichts unternehmen."

„Wenn nicht Gorbi, dann eben einer von den Opas aus der Volkskammer. Oder Egon Krenz oder die Leute von Horch und Guck oder was weiß ich, wer. Du glaubst doch nicht ernsthaft, dass die zulassen, dass hier alles den Bach runtergeht? Dann können wir die LPG dicht machen, die Kühe ins Dorf treiben, jeder macht wieder seins."

Der Traktorist kratzt sich nachdenklich an der Nase. Wie das gehen kann, wenn jeder seins macht, weiß er nicht, dafür ist er zu spät geboren. Aus dem Treckerschuppen schlurft der alte Willi herüber. Er hilft manchmal aus und schraubt an den Maschinen herum, wenn Not am Mann ist. Meistens hält er die anderen von der Arbeit ab.

Wagner zeigt wütend auf den Traktoristen. „Willi, erklär mal dem Grünschnabel hier, wie das ist, wenn jeder seins macht. Da wird er sich nämlich umgucken!"

„Wie?" Willi hört schwer und hält die Hand hinters Ohr.

„Wie war das früher, als es noch keine LPG gab?", fragt der Traktorist.

„Warum willst'n das wissen?"

„Weil bald alles den Bach runtergeht!", brüllt Wagner und fingert nach der nächsten KARO.

Willi kichert. „Das wird ein Spaß! Dann kann sich jeder seine Kuh wieder mit nach Hause nehmen. Ich hatte damals meine Emmi, das war ein Prachtstück. Hat jedes Jahr gekalbt."

„Bis zweiundsechzig", sagt Wagner. „Da ist sie zum Schlachter gegangen."

„Aber wenn ich alle ihre Nachfahren mitnehme, komme ich gut auf die halbe Herde", kontert der Alte.

„Und wo willste die hinstellen? In den Hausflur? Vergiss nicht, dass dein Schwiegersohn den Stall ausgebaut hat. Da wohnt er jetzt drin."

Wagner ist inzwischen ganz rot im Gesicht. „Und wenn erst die Felder wieder aufgeteilt werden, jawoll, jedem sein Handtuch! Und von dem ZT gehört dir ja auch ein kleiner Teil. Vielleicht darfst du das Lenkrad mit nach Hause nehmen oder einen Vorderreifen."

Der Traktorist schaut ratlos von einem zum anderen. Er wollte doch nur einen freien Samstag.

Willi grinst ihn an, sein Gebiss schiebt sich bedenklich weit nach vorn. „Lass mal Jungchen, da wird

126

alles gerecht geteilt. Ich weiß noch genau, welches Stück Land wem gehörte, das kriegen wir wieder hin. Dein Großvater zum Beispiel, der hatte ein Stück Acker hinten am Berge, wo jetzt die Rüben drauf sind."

„Ha!", schreit Wagner und klopft sich auf die Schenkel. Asche stäubt über seine Arbeitshose. „Das passt doch prima. Dann kannste dich ja gleich um deinen persönlichen Acker kümmern. Sieh zu, dass du *deine* Rüben rein kriegst, ich sorge dafür, dass du den ganzen ZT benutzen darfst, obwohl dir nur das Lenkrad gehört. Wenn du schön bittest, kannst du sogar den Hänger dazuhaben."

„Mensch Manne, mach mal ruhig!", sagt Willi und schaut den Vorsitzenden besorgt an. „Du drehst sonst noch durch."

Der Traktorist hat längst den Kopf eingezogen und geht zum ZT zurück, wo der gelbe Streuner gerade die Reifen markiert. Er versetzt ihm einen Tritt und das Vieh trollt sich in Richtung Kuhstall. Wie soll er das jetzt bloß Mandy erklären?

Meine Mutter steckt den Kopf durch die Tür. „Komm essen!"

Ich nehme die tschechischen Kristallgläser aus dem Eckschrank und gehe in die Küche.

„Hat ein bisschen länger gedauert", sagt meine Mutter. „Das Rindfleisch wollte nicht weich werden. Was hast du denn die ganze Zeit gemacht?"

„Ein bisschen im Schrank gestöbert."

„Ach so." Sie schiebt den Teller näher und sieht sich suchend um. „Der Hund ist schon wieder ausgebüxt", sagt sie klagend.

Ich sehe sie vorwurfsvoll an. „Mama, der Hund ist längst ..."

„Ja, ja, ich weiß schon, was du sagen willst: Tot und begraben unter der Rose hinten im Garten." Sie nimmt den Löffel und schaufelt mir Kartoffeln auf den Teller. Dabei lächelt sie zufrieden. „Manchmal besucht er mich. Er hatte schon immer seinen eigenen Kopf. Und die Rose blüht gelb, seitdem."

128

Glossar

Erklärungen der Begriffe und Abkürzungen, die vielleicht in Vergessenheit geraten oder völlig unbekannt sind.

ABV

... Abschnittsbevollmächtigter, war in der DDR ein Polizist der Volkspolizei, der für die polizeilichen Aufgaben in Gemeinden, Stadtbezirken und auf Streckenabschnitten der Reichsbahn zuständig war. In seinem Abschnitt war er polizeilicher Ansprechpartner für die Bewohner und versah Streifendienst. Er war für die Aufnahme und Weiterleitung von Strafanzeigen und polizeiliche Prävention zuständig. Der ABV hatte ähnliche Aufgaben wie ein heutiger Kontaktbereichsbeamter der Polizei. Er bekleidete den Rang eines Unterleutnants oder Leutnants.

Blaue Fliesen

... (auch: blaue Kacheln) war in der DDR eine umgangssprachliche Bezeichnung für die D-Mark. Die

Bezeichnung fand in Anlehnung an die blaue Farbgebung des 100-DM-Scheins Verwendung. Anders als der gleichfalls gebräuchliche Begriff Westgeld fand sie als Tarnbezeichnung Verwendung. In Zeitungsanzeigen, in denen die Verwendung des Begriffs D-Mark oder Westgeld unter DDR-devisenrechtlichen Aspekten nicht möglich gewesen wäre, fanden sich Angaben wie „Biete blaue Fliesen, suche ...". Die „harte Westwährung" war oftmals tatsächliches Zahlungsmittel, wenn es um Raritäten ging.

Bollerwagen
... damals: luftbereifter blauer Handwagen, der in den IFA- Motorenwerken Nordhausen in der Konsumgüterproduktion hergestellt wurde

Bückware
… umgangssprachlich für Mangelwaren. Wenn sie vorrätig waren, standen sie unter dem Ladentisch und wurden nur auf Nachfrage hervorgeholt.

Choke
... Starterklappe bei Verbrennungsmotoren, musste beim Trabi bei Kaltstart gezogen werden

Christenlehre
... Bezeichnung für den Religionsunterricht der evangelischen Kirche im Raum Nordhausen, der in Eigenverantwortung der Kirchen außerschulisch stattfand

DEDERON

... der Handelsname von Polyamidfasern in der DDR, ein nach dem Vorbild „Perlon" geprägtes Kunstwort, das sich aus DDR und „on" zusammensetzt. Besondere Bekanntheit erlangte Dederon durch die berühmten Kittelschürzen und Einkaufsbeutel.

Fernverkehrsstraße F80

… heutige Bundesstraßen hießen Fernverkehrsstraßen und wurden mit F abgekürzt und nummeriert

Gespräch mit dem Amt

... Telefongespräche in die BRD mussten angemeldet werden. Dazu wurde das Amt angerufen und man musste warten, bis ein Rückruf kam. Das dauerte meist mehrere Stunden. Zeit, die von den Behörden sicher genutzt wurde, um das Abhören und Mitschneiden der Gespräche vorzubereiten. Da nur die Post und Personen mit wichtigen dienstlichen Funktionen über ein Telefon verfügten, kam das Telefonieren in die BRD nur in besonderen Situationen in Frage.

GENEX

... Geschenkdienst- und Kleinexporte GmbH (später nur noch Genex Geschenkdienst GmbH), ein 1956 auf Anordnung der DDR-Regierung gegründetes Unternehmen, eine der wichtigsten Devisenquellen des Ministeriums für Außenhandel der DDR. Das Unternehmen vertrieb einen Katalog mit dem Titel Geschenke in die DDR, aus dem die Bürger der Bundesrepublik Waren bestellen und mit D-Mark bezahlen konnten, die direkt an ihre Verwandten und Bekannten in der DDR versendet wurden. Die Waren im Katalog waren zu etwa neunzig Prozent aus der DDR-Produktion. Neben Lebensmitteln und Konsumgütern wie Möbel, Kosmetik, Kleidung, Werkzeug und HiFi-Anlagen konnte man aber auch Motorräder, Autos (ohne die sonst üblichen mehrjährigen Wartezeiten), Campingwagen und sogar ganze Fertigteilhäuser bestellen.

Glaubensstunde
... Bezeichnung für den außerschulischen Religionsunterricht der katholischen Kirche in der Nordhäuser Region und im Eichsfeld

Gorbi
... umgangssprachliche Bezeichnung für Michail Gorbatschow

IFA
... Industrieverband Fahrzeugbau, Zusammenschluss von Unternehmen des Fahrzeugbaus in der DDR. Dazu gehörte der VEB Schlepperwerk Nordhausen als ein Traktorenhersteller in der DDR. Nach der Beendigung der Traktorenproduktion firmierte das Unternehmen als VEB Motorenwerk Nordhausen und war Ostdeutschlands größter Motorenhersteller.

Intershop

... Einzelhandelskette in der DDR, deren Waren nur mit konvertierbaren Währungen, später auch mit Forumschecks, jedoch nicht mit Mark der DDR bezahlt werden konnten. Das Sortiment umfasste Nahrungsmittel, Alkoholika, Tabakwaren, Kleidung, Spielwaren, Schmuck, Kosmetika, technische Geräte, Tonträger und vieles mehr. Diese Produkte gab es in der DDR für die offizielle Währung Mark der DDR gar nicht oder nur vereinzelt zu kaufen, obwohl ein großer Teil des Warenangebots im Rahmen der Gestattungsproduktion in der DDR für Westfirmen produziert wurde. Für die Versorgung der Intershop-Läden mit Waren war die zum Bereich Kommerzielle Koordinierung gehörende „forum Außenhandelsgesellschaft mbH" mit 900 Mitarbeitern zuständig. Bis 1974 war es Bürgern der DDR offiziell verboten, Valuta zu besitzen. Durch Erlass des Ministerrates der DDR wurde dieses Verbot aufgehoben und auch DDR-Bürger durften seitdem in den meisten Intershops einkaufen.

KAMAS

... Lastkraftwagen aus sowjetischer Produktion, wird heute noch in Russland hergestellt

KARO

... filterlose Zigaretten. Eine Packung KARO wurde in der DDR zum EVP (Einzelhandelsverkaufspreis) von 1,60 M pro Schachtel (20 Zigaretten) verkauft, was sie zu einer der billigsten Zigaretten auf dem Ostmarkt machte.

133

kolzen

... umgangssprachlich für tauschen. Was mit Geld nicht gekauft werden konnte, wurde gekolzt. Unter Jugendlichen waren das hauptsächlich Poster, westdeutsche Zeitschriften und Tonträger, Kaugummizigaretten, Kaugummibilder und ähnliches.

Kombinat

... Zusammenschluss von produktionsmäßig eng zusammenarbeitenden sozialistischen Industriebetrieben zu einem Großbetrieb

Konsum

... die Marke der Konsumgenossenschaften in der DDR. Die einzelnen Genossenschaften betrieben Lebensmittelgeschäfte, Produktionsbetriebe und Gaststätten.

Konverter

... in der Funktechnik: Geräte und Anlagen, die zur Umsetzung von Signalen in einen anderen Frequenzbereich oder zu einem anderen Ort dienen, UHF-Konverter wurden insbesondere in der Fernsehtechnik verwendet, um den nicht UHF-tauglichen Fernsehgeräten in der DDR den Empfang von den im UHF-Band ausgestrahlten Fernsehprogrammen der BRD zu ermöglichen.

LPG

... Landwirtschaftliche Produktionsgenossenschaft, der zu Anfang 1952 noch teilweise freiwillige und später durch die Zwangskollektivierung unfreiwillige Zusammenschluss von Bauern und Bäuerinnen und deren Produktionsmitteln

MALIMO

... in der DDR weit verbreitete Textilart, besonders bei Wäsche, hergestellt im von Heinrich Mauersberger aus Limbach-Oberfrohna erfundenen Nähwirkverfahren

MfS

... Ministerium für Staatssicherheit, in der Umgangssprache nur Stasi genannt oder auch „Firma Horch und Guck"

Nordhäuser

... hier: umgangssprachlich für in Nordhausen gebrannten Kornschnaps

NVA

... Nationale Volksarmee, war von 1956 bis 1990 die Streitkraft der DDR

OGS

... Obst, Gemüse und Speisekartoffeln. Großhandelsbetrieb für die genannten Produkte, der Kaufhallen, Obst- und Gemüseläden belieferte. Aus dem S wurden statt Speisekartoffeln bisweilen scherzhaft Südfrüchte gemacht, die es im Unterschied zu Kartoffeln eher selten gab.

Pappe
... umgangssprachliche Bezeichnung des Trabant. Sie spielt auf seine besondere Karosserie an, die übrigens nicht aus Pappe, sondern aus baumwollverstärktem Phenoplast bestand. Weitere Spitznamen waren „Gehhilfe", „überdachte Zündkerze" oder „Plastebomber".

Parteibuch
... umgangssprachlich für Mitgliedsausweis der SED (Sozialistische Einheitspartei Deutschlands)

POS
... Polytechnische Oberschule, allgemeinbildende zehnjährige Gemeinschaftsschule der DDR

RFT
... Rundfunk- und Fernmelde-Technik, Herstellerverbund von verschiedenen Unternehmen der Nachrichtentechnik der DDR

Robur
... ein Lkw-Typ des VEB Robur-Werke Zittau. Während der mehr als 30-jährigen Bauzeit blieben Konstruktion und Äußeres weitgehend unverändert. Auf Basis des Typs LO (= Luftgekühlter Ottomotor) entstanden auch Löschfahrzeuge für die Feuerwehr.

S 50

... Moped, ein vom VEB Fahrzeug- und Jagdwaffenwerk „Ernst Thälmann" unter dem Markennamen Simson zwischen 1975 und 1980 hergestelltes Kleinkraftrad

Schwalbe

... Kleinroller aus der Simson-Baureihe

Schwarzer Kanal

... Propagandasendung des DDR-Fernsehens, in der Ausschnitte aus dem Westfernsehen im Sinne der DDR-Führung kommentiert wurden. Moderator war Karl-Eduard von Schnitzler

VEB

... Volkseigener Betrieb, eine Rechtsform der Industrie- und Dienstleistungsbetriebe in der DDR. Formaljuristisch befanden sie sich in Volkseigentum und unterstanden der DDR-Partei- und Staatsführung.

VEB Minol

... war in der DDR für die Versorgung mit Kraft- und Schmierstoffen verantwortlich. Unter dem Markennamen Minol wurden alle Produkte des VEB vertrieben, zum Ende der DDR existierten über 1300 Minol-Tankstellen.

Wecken
..., auch Weck, traditionelles Gebäck aus Weizen-
mehl, Zucker und Butter, eine Art Kuchenbrot.
Wurde zum Teil auch mit Rosinen gebacken

ZT 300
... Zugtraktor 300, hergestellt im Kombinat Fort-
schritt Landmaschinen – VEB Traktorenwerk Schö-
nebeck (Elbe), ein Schlepper der Zugkraftklasse 20
kN, der von 1967 bis 1984 gefertigt wurde. Er löste
die Traktoren der Famulus-Baureihe ab.

Quellen: www.wikipedia.de (2017)

Über die Autorin

Aufgewachsen ist Johanna Marie Jakob dort, wo sie auch heute noch lebt: im Norden Thüringens, am Fuße des Harzes. Über ihrem Heimatdorf Großlohra wacht – oder besser: schläft – die halbvergessene Burgruine Lohra (altdeutsch: Lare), die von Historikern wegen ihrer romanischen Doppelkapelle geschätzt wird. Ein Wanderer benötigt von dort aus höchstens eine Stunde bis zur Basilika Münchenlohra (Mönkelare), ebenfalls romanischen Ursprungs. Der Atem der Geschichte weht hier am Fuße der Hainleite also jedem um die Nase.

In Erfurt studierte sie Mathematik und Physik und kehrte wieder in die Heimat zurück, wo sie heute an einem Gymnasium unterrichtet. Als ihre beiden Kinder erwachsen wurden, fand sie die Zeit, sich einen lang gehegten Traum zu erfüllen. Die alten Mauern auf dem Berg faszinierten sie und sie wollte mehr über die Menschen und ihre Schicksale erfahren, die im Mittelalter auf Lohra gelebt hatten. Sie stieß auf eine Fülle von interessantem Material, das sie immer mehr in seinen Bann zog. Unter dem Namen Simone Knodel erschien 2004 im amicus-Verlag der erste historische Roman „Adelheid von Lare", im Jahre 2008 folgte „Radegunde von Thüringen".

Doch jedes Jahrhundert birgt eine Fülle von Schicksalen und Persönlichkeiten. Sie fand die Geschichte der Judith von Lohra, Äbtissin im Kloster von Eschwege, und es entstand der dritte Roman: „Das Geheimnis der Äbtissin", der im Dezember 2011 beim Weltbild-Verlag erschien.

Im Spätsommer 2014 verlegt sie eigenständig „Taterndorf", ein Roman über ihr Heimatdorf Friedrichslohra im damaligen Preußen. Es wird noch heute „Taternlohra" genannt, denn es gelangte im 19. Jahrhundert zu einer traurigen Berühmtheit, weil es seine ganz eigene Geschichte im Umgang mit Zigeunern schrieb.

Seit 2015 gibt es eine Fortsetzung der Geschichte der Judith von Lare, die auch das Leben des römisch-deutschen Kaisers Heinrich VI. erzählt: „Das Erbe der Äbtissin" erscheint bei Droemer Knaur.

Quelle:
http://www.johanna-marie-jakob.de/autorin.html

140

Inhaltsverzeichnis

142

Im Verlag Tasten & Typen erschienen

Sharam Qawami: Brücke des Tanzes

Kirsten will ein letzten Mal mit ihrem Freund über eine gemeinsame Zukunft sprechen. Aber Soraw quälen Geschichten aus seiner Heimat. Zum ersten Mal erzählt er von Erinnerungen Todgeweihter im Schützengraben, tabu für die Lebenden: Vom Mathematiklehrer, der als Derwisch am Grab seines Sohnes hauste. Vom Forstbeamten, dessen Berufung sprachlos macht. Der Autor spricht von einem Volk, das in seiner Heimat überleben will: Ob in der Fiktion eines antiken Gerichts oder in Episoden über kurdische Kinder, die ihre Kindheit verlassen, mit Müttern, die Lasten von Männern tragen müssen. Sharam Qawami legt seinen ersten, auf Deutsch geschriebenen Roman vor. Im Nachwort gibt er Auskunft zu dem, was sein Leben prägte und prägt.

ISBN 978-3-945605-22-6
9,95 Euro

Anne Gallinat: Hannes' Bistro

Die Gäste in „Hannes' Bistro" trennt nur ein Fußbreit von einem Leben auf der Straße. Von ihnen wird erzählt: Skurril, komisch, tragisch und ein bisschen märchenhaft. Da verschwindet ein „Zauberspiegel", der schon mehr als ein Liebesbeweis ist, aus dem Sperrmüll. Ein verrostetes Fahrrad, das sein Besitzer liebevoll Ulrikchen nennt, bringt das Leben einer ganzen Stadt durcheinander. Und Herr von Meisegeier bedroht Ruths Liebesnest. Bedroht ist auch Hannes' Bistro ...

ISBN 978-3-945605-12-7
9,95 Euro

Siegfried Nucke: 216 Schlüssel

Immer wieder kehrt Jakob nach Kolzau zurück. Mit seinen Eltern musste er das Dorf verlassen, das einem Tagebau weichen wird. Unerlaubt streift Jakob allein oder mit Freunden durch die leeren Häuser und die marode Kirche, über den alten Friedhof und die öden Plätze von Kolzau. Ständig auf der Hut vor dem furcherregenden Alten, der nicht aus dem Dorf weggehen will: dem stinkenden Rassler, der jeden verabscheut und vertreiben will, der Kolzau aufgegeben hat. Was kann Jakob mitnehmen – aus den letzten Tagen eines fast verlassenen Dorfes, das aber noch viele Geschichten verbirgt? Erzählt aus der Sicht des Zehnjährigen, spricht dieses leise Buch über den Verlust von Heimat.

ISBN 978-3-945605-11-0
9,99 Euro

www.verlag-tasten-und-typen.de
https://www.facebook.com/Verlag-Tasten-Typen